奇蹟

林珮瑜｜著
紅茶｜繪

DEAR TO ME

親愛的阡陌……

二〇一一年，我決定轉戰編劇，妳告訴我等工作穩定後，一定要回來寫小說，那才是真正屬於自己的創作。

我答應妳，一定會再回來寫小說。

這個「一定」，我走了十年。

二〇二一，我終於實現我的承諾，妳的時間卻停留在二〇一五……

去年開始寫小說的時候，我總會忍不住想，妳會不會來夢裡找我，抱怨我拖稿拖這麼久……

謹以此書致念最喜歡站在田中央的阡陌妹妹。

我曾經的書迷、我曾經的編輯、我永遠的好朋友。

序

第一次見到珮瑜，是在印刷廠的走廊。

當朋友介紹她是「誰」後，真的有種想膜拜偶像的衝動，因為——啊啊啊啊啊！我是看妳的小說長大的！

這句告白後，我差點被眼前的氣質美女踢飛。（大笑）後來何其有幸，成為一起吃飯聊天的朋友，並且這個緣分，從對學生時代延續到現在。

曾經，我們抱著補習班的講義，茫然討論關於未來的計畫。卻在不知不覺間走向不同的領域，然後在繞了一圈後，在小說的領域再次結緣。

白宗易和范哲睿，原本互不相識的兩個人，因為命運的安排而走到一塊。

從最初的不了解，到最後發現自己對另一個人的喜歡。

愛與被愛，從來就無關性別。

奇蹟

這是珮瑜創作的核心，也是《奇蹟》這本小說想要表達的事情。愛與被愛，是最美好的事情，不該被性別的框架限制。透過每一齣戲劇和戲劇中的角色，珮瑜用她的故事感動著每一位觀眾，也傳達她對於愛與被愛的信念。

就像《奇蹟》中的白宗易和范哲睿，雖然被迫分開，但他們對彼此的情感卻沒有減少，甚至在磨練之後變得強大。

無論在哪一行，能成為翹楚的除了具備堅強的實力，還得拚盡全力。看著好友一路過關斬將，到今天被海內外的粉絲認可和喜愛，身為資深迷妹的我，真的超級、超級、超級開心，因為我知道她是有多麼努力、拚命三娘一樣地拚，才能在機會降臨的時候發光發熱。

能替自己崇拜的作者寫序，是身為資深迷妹的榮幸。

不必祝福，因為我知道她一定會繼續突破，帶給觀眾更多優質的作品。（拇指）

開心的看到妳的小說，更開心看到妳……進駐我隔壁房間的黑屋。（猙獰笑）

說好的喔，誰都不准先交稿，否則太對不起咱倆身為窗王的稱號。（哈）

——繼續當妳迷妹的小羽

Contents

序 005

序章 009

第一章 013

第二章 041

第三章 060

第四章 090

第五章 104

第六章 126

第七章 148

第八章 167

第九章 191

第十章 228

番外篇1 那一夜看見我老哥 245

番外篇2 在衣櫃發現我老弟 250

特別篇 我們 254

後記 262

序章

二〇一六・春末

監獄門緩緩開啟。一名留有五分頭、長相俊朗，身材頎長的年輕男人背著老舊背包緩緩走出，身後跟著同樣五分頭、帶著桃花眼，相較之下顯得嬌小的娃娃臉男人。

年輕男人似要回頭，被娃娃臉男跳起來勾住脖子阻止，提醒：「笨蛋！獄警大哥都提醒了，不要回頭，不要說再見……幹！我剛說了什麼！呸呸呸！都是你害的！幹！」長相走甜美可愛風的花美男似乎認定髒話能強化自己的男子氣概，堅持幹字連連的風格。

五分頭男人微笑，嚴肅剛硬的輪廓瞬間注入柔和的春水，在他早熟的外貌添加屬於他二十二歲該有的青春氣息。

「你只要安分守己，以後就沒機會來了。」

「嘖，我誰？怎麼可能安分守己……幹！是不是兄弟，才剛出來就挖坑給我跳！

奇蹟

白宗易，你這死沒良心的！枉費我在裡面那麼罩你！」艾迪火大想咬人。這傢伙不說話就算了，一說話就氣人。

白宗易，你這死沒良心的！

白宗易聞言怔忡，幾年前，曾有一個和眼前男人有著相似……不，是更迷人的桃花眼，在每一次想討要東西的時候，總用賴皮的語氣裝嗲說這句話。

那個男人……這些年過得好嗎？

「喂。」艾迪推了失神的白宗易一把。「不要說哥沒罩你，一起走？」

白宗易回神，才注意到一臺跑車朝他倆駛來，一個U形急速迴轉，精準停在他們面前，副座車門自動打開，等著迎接某人。

「靠！臭陳毅！都說我要順便載朋友，你開個兩人座來幹麼？」艾迪惱火瞪視甫從駕駛座上走下的年輕男子，俊美的外貌掛著冷漠神情，一副「生人勿近、惹我必死」的模樣，說話的聲音也同樣沒有溫度。

「今天想開這臺。」陳毅冷眼掃過白宗易時頓了零點一秒，之後移向一旁的艾迪。「上車？還是自己走？」

任性臭男人……艾迪回頭看白宗易。「兄弟，我……」

白宗易笑拍艾迪的肩。「你先走吧。」

「保持聯絡？」艾迪盯著白宗易等待答覆，擔心被這個表面上看起來好相處，實則隔了層冰山防護罩很難走心的「室友」晃點。

白宗易點頭。「保持聯絡。」

艾迪這才放心上車，低沉的引擎咆哮聲隨車遠去。

「為什麼對他這麼冷淡？」車內，艾迪不滿地瞪陳毅。「不要忘記，當年如果不是我們疏忽，白宗易今天不會這樣，跟阿睿也不會——」

「被發現跟我們一起，他會更麻煩。」

艾迪頓時心情不好。「出來應該高興，你讓我好鬱悶。」

陳毅嗯了聲，繼續開車。「那是你的問題。」陳毅說。

「呿，是不是兄弟啊。」艾迪噘嘴嘟囔。「一年多不見還是一樣，開口就氣人……」

白宗易目送跑車駛遠，調整了下老舊背包的位子，沿著圍牆走了幾分鐘，一滴水珠打上他的臉，他抬頭看向天空，明明晴空萬里卻突然開始下起雨。

太陽雨中總有彩虹。

奇蹟

果不其然，一會兒天空出現半截彩虹。

白宗易停下腳步，怔怔地看著天邊殘缺的彩虹，就像——

第一次遇到范哲睿的那天。

第一章

二〇一二·春末

「彩虹！」

白宗易被迫停下腳步，還有手上轉動的籃球，沉口氣抬頭看身邊女同學指的方向，街道兩旁櫛比的高樓切割得天空只剩四線道馬路寬的視野，半截彩虹橫出，就像鬼混的學生翻出藍色雲彩紙匆忙畫上半道彩虹交出的美術作業。

「就半截彩虹有什麼好看的。」

沒氣氛的話當場打臉高中少女裝可愛的努力，少女嬌嗔地看少年一眼。「會不會聊天啊，這樣要我怎麼接。」

就是要妳接不了話啊。白宗易暗翻白眼心想，低頭看了看手錶。「到這裡就行了吧？跟妳打賭的同學沒跟在後面了。」

女孩回頭看，果然沒人，抽回勾抱白宗易的手，嫣然一笑。「謝謝你幫我。走，我請你吃冰！」

「不用，只要妳給我說好的五百塊。」

女孩充耳不聞，繼續撒嬌：「我知道有家冰店很好吃——」

「真想謝我可以折現，我不介意。」白宗易完全無視女孩的嬌態。

「白宗易！」女孩咬唇瞪他，見他沒有反應，二話不說轉身逃債。

白宗易迅速出手扯住女孩書包留人，提醒：「妳說只要我假裝跟妳約會，讓妳打賭贏就給我五百塊。」

「你知不知道什麼叫英雄救美啊！當幫我忙會死哦！」

「會。」答得飛快，不假思索。

女孩傻眼。「你是認真的？」

白宗易挑眉。「還是要我去跟妳那些同學說妳打賭作弊？」

「你……我是你同班同學耶！」

「then？」大手毫不憐香惜玉地伸向女孩。「五百。」

女孩氣呼呼地拿出五百塊塞進白宗易手裡。

白宗易皺眉，見不得有人虐待在他心目中僅次於獎學金的鈔票，他一臉認真將鈔票壓平，邊道：

「以後還有這樣的外快，記得找我。」

仔細折好鈔票，夾在手指間，少年帥氣輕揮 say goodbye 後，轉身離去。

女孩咬唇怒瞪少年遠去的背影。

果然電視上演的都是假的！用這招追人根本不管用！

※　※　※

「女生腦袋裡到底裝了什麼？」

白宗易嘀咕了聲，反手搔抓可能因女同學咒念發癢的背。對現在女孩子多樣化的告白他只能說佩服。直截了當從樓上大喊「白宗易，做我男朋友」，巴不得全校都知道的；或是像剛才那樣拐了一大圈，沒追到他的人還破了財，又或是跑到他面前公開說討厭他挑釁的……進高中第三年，沒一樣招式重複，只能說真愛無敵、創意無限。

他就不懂了，明明自己就是個靠獎學金吃飯的窮學生，跟他交往一點好處都沒有，為什麼女生都看不清楚。

叮……

奇蹟

少年的腹誹倏地被打斷，對錢天生敏銳的耳朵捕捉到城市喧囂中清脆的銅錢落地聲。

白宗易循聲看去，眼尖看見不遠處十塊錢正朝暗巷滾去。

嘲笑一塊錢的人會因為少了一塊錢而哭，更何況是十塊！

白宗易緊盯著不斷往前滾的十元硬幣，快步跟進，託道路不平的路平專案之福，十元硬幣毫無阻礙地滾進陰暗、堆著大小雜物的窄巷，堅持到最後還壯志未酬、不甘地在原地彈晃幾回後倒地不起。

「看你往哪跑。」白宗易得意笑，該他的就是他的。

白宗易邁步走近，彎腰要撿起硬幣的剎那，一隻沾血的手從旁邊伸出扣住他手腕。

白宗易大驚，移目看去，抓住他的男人一臉血汙、模樣狼狽，眼神凶狠地瞪著他，咧嘴露出白得發亮的牙齒，吐露和表情相反的語句：

「救我……」

白宗易聞言回神，第一個反應是——

猛地抽手，轉身走人。

然而，事與願違，對方先一步看出他拒絕幫忙的意圖，撲身抱住白宗易雙腳，當他是樹一樣攀附支撐自己站起。

白宗易本能掙扎。「放手！……不要抱著我——」

「要是不救我，我就報警，跟警察說是你把我打成這樣。」

男人輕鬆的聲音凍結他的掙扎。

「我才沒有——」

男人握住他的手，將自己的血抹在他手上，抬頭揚起一抹惡意獰笑，看著面前錯愕傻眼的少年，放話：

「如果我死，你就是凶手。」

白宗易不敢相信地瞪視擺明栽贓的男人。

十七歲的少年初次窺見大人的世界，原來——

這、麼、陰、險！

※　※　※

「阿睿幫你們斷後、叫你們快跑，你們就真的給我一路跑回來！」娃娃臉的纖瘦

奇蹟

少年擁有和臉蛋完全相反的脾氣，對著兩名受傷的狼狽壯漢大罵。

「連撂人回去救都沒有！他媽的，有沒有義氣啊！我們義雲盟是這樣對兄弟的嗎！王八蛋！」

罵不過癮的他大腳飛踹向兩人，因為體重和腳力太輕，反被壯漢的肌肉彈得踉蹌後退好幾步，更火大。

長那麼壯要死啊！他悲憤！

氣不過的少年忍不住又飛踢，被人在中途攔截一抱，立馬變成人形布袋，掛在對方訓練結實的長臂。

「夠了，艾迪。」冷到極點的聲音來自義雲盟最年輕的北堂堂主陳毅。

一樣十七歲為什麼差那麼多！艾迪再度悲憤。

不同於艾迪炸鍋的暴走行為，陳毅只消眼神一掃，兩名年長的彪形壯漢瞬間抖了下，下意識透露本能的畏懼。

「把人找回來。」陳毅冷聲警告：「如果他出事……背棄兄弟要受什麼懲罰，你們心裡有數。」

兩名壯漢面露懼意，點頭應聲，快步離開。

「最近龍幫一直在挑釁，你怎麼看？」

「來就打，不來就去打。」簡單扼要、狠勁十足。

「你可不可以說點溫和的話，符合你的貌美如花？」

美目一橫，夾帶殺氣掃向艾迪，吐出一字箴言：「滾。」

「幹麼這樣……」艾迪靠上陳毅，「跟我說阿睿不會有事。」語氣裡滿是擔心，希望好兄弟給點信心。

陳毅不語，微皺的劍眉洩漏對兄弟的憂心，拿出菸、點燃，深吸了口緩緩吐出，繚繞的煙霧模糊他的表情。

騙他一下會怎樣……艾迪白他一眼，搶過陳毅的菸要抽，被香菸的主人截回，附帶一句絕對不是出自好心的提醒：

「抽菸長不高。」

「媽的！一八〇了不起啊！」艾迪炸毛暴吼。

淡漠的俊美少年轉向他，難得地揚起一抹淺不可見但絕對驚豔的笑。「一八〇點五，昨天又長高。」

艾迪轉身走人。

奇蹟

再不走，他怕自己會不小心衝上去掐死嘴賤的兄弟。

※ ※ ※

砰！

「靠……」

一聲重物落地聲伴隨唉唷的呼痛聲，驚動義雲盟北堂大批人馬去找的主角正因掉下床，痛得面目猙獰，被迫清醒。

回頭看單人的小床板，范哲睿搖頭，嘀咕抱怨：

「要命，十二歲之後就沒睡過這麼小的床……」一轉頭瞄向另一頭背對他躺在地板上熟睡的身影，雖然肯定得不到答案，還是忍不住呢喃問：「你怎麼受得了？」

被以為熟睡的白宗易睜開眼，盯著倒映在他前方玻璃櫃上的身影。

家有陌生人，誰能安心入睡？

本來以為幫忙叫救護車就好，誰知道這傢伙硬是不去醫院引人注意，死賴活纏，逼他帶他回自己租的頂樓加蓋小套房，不得已被迫當起男丁格爾！

一想到帶回家當天那慘不忍睹、割地賠款的救助……白宗易拳頭更硬了。

就在白宗易回想之際，跌坐在床邊的人有了動作，緩緩起身，摀著胸口，朝白宗易靠近。

來了！倒映在玻璃櫃上的身影隨著接近自己逐漸放大，白宗易豎起全身寒毛、握緊拳，準備出其不意、搶得先機。

范哲睿踮著腳步走向躺在地板上的少年，渾然不知危險將至。

白宗易緊盯玻璃櫃，看著男人的倒影來到自己身後蹲下，朝他伸手……

只要他敢出手，他馬上揍……

心中正興起的念頭因男人的舉動瞬間化成泡沫。

男人輕輕扯出落在白宗易身側的被子，覆蓋少年全身，用低得幾不可聞的聲音呢喃：

「都幾歲人了，還踢被子……小鬼。」

輕巧、隨意的話語，鬆了少年緊握的拳頭。

不知情的范哲睿就著昏暗的月光為少年拉被，想起白天強迫對方就範的行徑……

好吧，是挺無賴的，但他有不能去醫院的理由。

「抱歉了，小鬼，這樣賴著你。放心，哥一定會好好報答你。」

隨興、輕快的歉意，卸了少年警戒的防備。

說完話後不經意的輕拍，帶著安撫賠罪的意味，是白宗易十歲以前才有的記憶。

一時怔忡。這人……應該是好人吧？白宗易心想。

如果是這樣，或許——

是安全的吧……

※　※　※

「你行不行啊……」

清晨大早，范哲睿摀著隱痛的胸口，一臉嫌棄地看著在小廚房忙碌的少年，繼續抱怨：

「你真的會煮東西嗎？昨天晚上吃得那麼好……」吃貨上身，擋道者死。范哲睿故意挑釁道：「人格分裂嗎？麻煩叫會煮飯的那個出來，我要跟他聊聊。」

白宗易惱瞪范哲睿，咬住下唇以免自己暴吼。

說好的報答呢？就這嘴臉嗎！他怒！

「少年，說明一下，昨天晚上我吃的——」

「是從打工的店裡包回來的菜。」

換句話說，這小子只是加熱而已。范哲睿頓悟，瞇眼看少年，看得他尷尬、羞惱，臉色逐漸漲紅。

「看什麼啦。我肯幫你、帶你回來就要偷笑了，還嫌。」

「也是，我的錯。」在加盟店大多用中央廚房料理包應付客人的現在，不該奢望混加盟店打工的年輕人有一手好廚藝。「我來吧。」

范哲睿按著因動作加劇疼痛的胸口，用身體擠開白宗易，站上主廚位置。

「你行？」

男人輕哼：「不行的人還敢問別人行不行？」

白宗易氣悶，轉身不去看他，省得氣死自己。

一會兒，身後傳來俐落的切蔥聲。

少年忍不住回頭，就見男人熟練飛快地下刀，每下一刀就是蔥花綻放，大小一致。

除卻刀聲，還有男人不時的嘶痛聲。

「我忍痛用生命做的早餐，這頓之後要等我傷好再做……等下吃之前記得拜三次。」

「你升天了嗎？要人拜三次。」

少年忍不住吐槽，氣得男人猛咳，又扯痛受傷的胸口。

男人負氣：「不拜不給吃。」

少年回槓：「菜是我買的。」

「早餐我煮的。」

「廚房是我的。」

「我是傷患，你態度好一點，讓一下會死啊！」

「我未成年，你大人欺負小孩要不要臉……」

互槓聲不絕於耳，總是一人靜謐的窄小套房忽然熱鬧起來，更添生活的況味……

※　※　※

如果說范哲睿的無賴打開白宗易對大人卑劣的認知；那他的嗜甜如命更粉碎他對男人不吃甜食的幻想。

也是，螞蟻不分公母都吃糖，少年感悟。

但到范哲睿這程度就太 over 了……

「真的不行嗎？就一塊蛋糕……拜託拜託……」

范哲睿摀著發疼的胸口，一雙桃花眼可憐兮兮看向隔著矮桌盤腿坐在對面的少年。

面對男人的桃花靴貓眼，少年只差沒把白眼翻到後腦勺，憋了許久，沉沉一嘆：

「醫生說傷口發炎不能吃太多甜食，你已經吃完你那一塊了。」

「所以你就他媽的吃另一塊給我看……咳！咳咳……」抗議得太激動牽引傷處疼痛，范哲睿又咳又哀叫呼痛。「留給我明天吃會死嗎，小氣鬼。」

一定是他眼睛有問題，不然怎麼會把這個屁孩看成救命的浮木！范哲睿第N次問自己，以為高中生好拿捏，結果這傢伙的腹黑不輸他奉命照顧的那兩隻，這個社會怎麼了？

等他傷好一定要去看看眼科，老是看走眼。

「腹黑屁孩……」

「你也才大我五歲。」二十二裝什麼大人樣。被嫌棄的少年不滿心想，被栽贓這事讓他耿耿於懷。

頂著陽光開朗的無害外表，加上家境清寒力爭上游好學生光環，白宗易在學校上能賣萌裝乖爭取獎學金，下可坑同學零用錢，無往不利，沒想到一朝被坑，還只是為了十塊錢，倨傲的少年心性吞不下這口氣，所以——

能整范哲睿的時候，他絕對不放過！

白宗易叉起一大塊草莓蛋糕，誘惑地伸到范哲睿面前，然後，收回手大口咬下。

哪怕自己再怎麼討厭甜食，只要能氣范哲睿，他可以假裝很喜歡。

「你可以再過分一點。」范哲睿白眼他，沒好氣地說。

白宗易得意挑眉，雖然彆扭的胃因為甜味隱隱作痛，一整個作死也要面子的節奏。

范哲睿看在眼裡只能說：少年，我不懂你。

但他也不是個愛糾結的人，很快就轉移話題。「你爸媽呢？」

白宗易神情微愣，垂眸不語。

這反應讓范哲睿緊張了。

要命，不會踩到地雷吧？囂張的表情一轉為口不擇言的歉疚。「那個……我不是故意的……人死不能復生，你節哀——」

「我媽改嫁，我爸跟我妹在臺中。」神情黯然的少年忍笑說出事實。

「……」范哲睿按著疼痛的胸側，如果不是肋骨受傷，不能有太大的動作，他一定要撲上去掐死他！

「我去打工了。」白宗易起身整理桌面邊說著。

「去吧，我決定趁你不在的時候，把你家值錢的東西都摸走。」范哲睿氣悶地說。

沒想到他的威脅只換來一聲訕笑。

「最值錢的東西在這裡。」白宗易指著腦袋，神情流露屬於少年狂傲的滿滿自信。「誰也搶不走。」

「這麼厚的臉皮值得掌聲鼓勵。」范哲睿作勢要鼓掌，立刻又刺激得少年惱火怒瞪。

「范哲睿——」

無視他又一波火氣，范哲睿打斷交代：「幫我帶你店裡的一號餐回來，謝謝。」

少年皺眉俯看得寸進尺的男人。「你真的都不知道客氣兩個字怎麼寫。」

「怎麼寫？」桃花眼微瞇出狡詐明白的挑釁。

白宗易決定不理他，拿起背包走人。

「記得啊！」

「忘記了！」他要會帶就是笨蛋！什麼不挑，挑最貴的，呿！

※ ※ ※

桃花眼笑眯成兩道彎月，二十二歲的男人下巴壓在矮桌上看著正為自己張羅宵夜的少年，除了他指定的一號餐，還有明天的早餐。

多好的少年啊……就是嘴巴壞了點。

「都是客人吃剩的，丟掉太浪費，給我全部吃光不准剩……你那是什麼臉？」白宗易惱瞪眼前忍笑裝可愛的男人。

「欣賞彆扭小鬼可愛的地方。」范哲睿拿起妥妥切成三等分、包裝完好的三明治。「吃剩的會有全新包裝哦？」小鬼，嘴巴雖硬，心腸卻很軟。

想也是，不然怎麼會放心讓他一個人待在他家，自己跑出去打工？

范哲睿打開包裝，品嘗起少年帶著傲嬌的善良。

「你說會還我兩倍。」白宗易打開書包準備念書。「我都有記帳的，你到現在連同醫藥費、伙食費、水電費一共欠我四千三百一十……唔！」

一片火腿塞進白宗易叨叨念念的嘴裡，男人吮了吮自己沾上美乃滋的手指，笑道：「好吃吧？你家一號餐用的特製火腿。」

白宗易惱瞪多事餵食的男人。這一餵，餵出他壓抑一整晚的食慾，肚子開始咕嚕作響，提醒他今晚打工的速食店生意太好，耗費他太多能量，現在饑腸轆轆。

就算他再怎麼精打細算，他一個半工半讀的高中生，在沒有時間開闢財源的情況下，不節流也很難支應兩個人的生活開銷。

他不能短少范哲睿的用度，畢竟他要養傷，只能縮減自己的開銷到極限，就算這個傢伙很……

「吃不下了！」范哲睿將剩下三分之二的三明治推向白宗易。

很浪費！「給我吃完！」

「不要，我怕胖。」范哲睿說著，因為傷勢只能像老人家一樣緩慢起身，邊道：「幫我吃，我去洗澡。」

說話的男人邊單手解襯衫鈕釦邊往浴室走去，無視一路跟隨的怒火視線。

每次都這樣！從住進來的第二天開始，這傢伙就嚷著吃宵夜，吃幾口就說吃飽，要他收拾殘局。

奇蹟

白宗易恨恨拿起三明治，想像是正在浴室哼歌洗澡的范哲睿，用力咬了一大口咀嚼。

食物入口，怒氣半消，也幸好有這麼一頓半殘的宵夜，讓他不必忍著飢餓撐過睡前這段讀書時間，認真說來還胖了一點。

高中生能自由運用的時間真的太少了……少到打工也只能賺到微薄薪水，幸好還有助學貸款和一大堆獎學金可以申請，讓他養活自己之餘還能寄回臺中給在停車場當保全的父親和念國中的妹妹。

只要考上大學，一切都會變好，他會有更多時間打工，也能學到將來出社會謀生的專門知識，扭轉家裡貧窮的窘境。

白宗易邊吃三明治邊整理筆記，想著這次月考前的筆記要賣多少錢。

知識就是力量、就是金錢！他比誰都清楚這點。

范哲睿走出浴室，就看見少年盤腿坐在矮桌前專心讀書的身影。

曾經，他也這麼做過，但努力多少就被迫放棄多少。

小睿乖，聽媽的話，不要表現得太好，不要拿第一名，不要比少爺優秀，老太爺會生氣、不喜歡我們……

拜託你，小睿，為了媽，你忍耐一下好不好……

誰說母愛最大，這世上還是有為了嫁給心愛的男人，用自己兒子未來做交換的母親。

他活得越像一灘爛泥，她就越安心。

好一個「母親」。

現在，他離家出走混黑道，被那個家拋棄、當作不存在的異類，應該更符合她希望的設定了吧。

陷入回憶的范哲睿不自覺冷哼，總是春風和煦的表情露出破綻，洩漏壓抑在內心深處的陰鬱。

「又不扣釦子。」

少年的聲音喚他回神，才發現傲嬌少年不知道何時站在自己面前，正在幫他扣襯衫。

「怎麼樣？哥的身材不錯吧？」

「蛤？」白宗易哼一聲，不屑地上下一瞄眼前象牙白的平胸，是瘦沒贅肉但也就這樣了。「白斬雞、排骨精不要做夢好嗎？」

「你這傢伙，瘦不拉嘰的還敢說我……」范哲睿邊說邊伸手摸上白宗易的胸口，大驚。「你竟然有胸肌！不是穿衣顯瘦脫衣有肉的那種吧，你這小子命未免太好。」

扛酒箱練出來的肌肉哪來的命好？白宗易實在不懂范哲睿的邏輯，搖了下頭，繼續幫他扣釦子。

「天氣變涼了，以後扣好再出來。」

明明十七歲說話像七十……反差的萌感引范哲睿俯看少年，矮自己兩公分的身高，讓少年照顧人的動作添加一份早熟裝大人的可愛。

「單手解釦行，雙手一起動，胸骨痛。」

「誰叫你要打架，活該……」說到這，白宗易才想到他一直漏掉最重要的事情。

「你為什麼打架？還打成這樣？」

范哲睿看著眼前雖然世故早熟，某些程度還帶著天真的少年，壞心地想著如果拖著他和自己一起變爛泥會是什麼樣？

說真的，白宗易發憤圖強、力爭上游的奮鬥樣真的很刺眼。他每奮鬥一天就像在提醒自己又爛泥一天。

一個人墮落真的很無聊，如果有個人可以拖下水，像他這樣明明可以展翅翱翔卻不得不折翼在地上爬多好？

范哲睿望著白宗易好奇的表情，緩緩開口：

「不要問，你會怕。」

唉，終究不忍。范哲睿嘆口氣，抬手摸上白宗易微硬的頭髮，微刺麻癢的感覺和這小鬼的脾氣挺像。

「不要鬧。」白宗易沒發現自己差點被拉進黑道的萬惡深淵，不滿皺眉。「不想說就不要說，什麼我會怕。」敷衍的傢伙，不想說牽拖他膽子小，嘖。

「寫你的功課吧，少年，臺大一直線才是你的路，快去。」

「誰稀罕。」白宗易回到矮桌落座。

說不上來，范哲睿這種「我的祕密不告訴你」的回應讓他挺不爽的。都住在一起幾天了還這樣……住幾天又怎樣？白宗易一頓，被自己瞬間冒出的想法驚住。

他幹麼想知道范哲睿的事？

「嘿，這裡寫錯了。y 等於 sin x 的基本型週期是 2π，它的絕對值型週期是 π。」

范哲睿的口氣像在說今天天氣真好般自然。

「你又知……」白宗易回神，看范哲睿手指的位置。真的錯了！訝異抬頭看他。

「你怎麼知道？」

意識到自己做了什麼，范哲睿頓了下，愣看白宗易三秒之後表示。「我猜的……晚安。」

鬼才信！白宗易盯著背對他上床睡覺的男人。

床上，感覺背脊刺刺的男人有點後悔自己無聊的顯擺。

沉默了十秒鐘，少年發動攻勢，「不准睡。」

裝睡的男人叫不醒，只是在心裡暗暗叫糟。

「幫我整理數學筆記，我明天買蛋糕給你，你最愛的草莓口味。」明知道雖然這樣加快了速度，但多了成本，白宗易還是提出交易。

一個人熬夜努力就算了，但如果老是得聽著別人熟睡的鼾聲獨自奮鬥，那種感覺實在太悲傷。

這時再裝睡就不是男人了！范哲睿緩緩翻身，眼神透著垂涎三尺的精光。

「真的？」

「嗯，還是上回你說想吃吃看的那家。」

想像草莓在嘴裡滾動的感覺，男人緩緩起身。

大魚上鉤！

※　※　※

「白宗易，來打球，一場三百！」

放學時分，同儕吆喝著經過籃球場的白宗易。

「下次吧，今天有事！」白宗易揮手，難得無心賺外快。

熟悉較久的同學跑了過來，好奇問：「你最近是撿到錢哦，幾次找你都沒空。」

「我今天真的沒空。」

他說的是事實，上回讓范哲睿幫忙整理筆記，發現他能模仿他整理筆記的邏輯，除了筆跡之外，幾乎和他整理的一模一樣。

他很珍惜這位家庭代工，必須賄賂。

今天草莓蛋糕買一送一，為了拐那隻甜食鬼幫他做「家庭手工藝」，不搶不行！

放棄比賽的三百元，加上九十元買一送一的草莓蛋糕，支出成本三百九十。

英文、數學、物理、化學四科，每科一百二十元，固定客群有三十七人，預期收入四千四百四十元……

范哲睿負責英文、數學，他負責物理、化學，因為有他，估算他每天省下的時間三個小時，共計十五個小時，如果都去打工，每小時一百三十五元的工資，還能多賺兩千零二十五元……

白宗易越算，越覺得是筆好買賣，腳步不自覺輕快起來。

要一次就給兩塊蛋糕嗎？

不不不，還是先給一塊，另一塊先吊著他，會得寸進尺的傢伙不能一開始就對他太好。

白宗易提著蛋糕往租住的小套房走。

一輛黑色房車經過，車後座的范哲睿看見提著蛋糕的白宗易。

「糟，忘記問。」

「問什麼？」開口問的，是前座向來多話的艾迪。

「沒事。」反正也不會再遇到的人，問手機號碼幹麼……范哲睿自嘲想，整個人放鬆躺回椅座，看向旁邊的陳毅，打趣道：「沒想到你會親自來接我，忽然間覺得自己在你心裡好重要啊，阿毅。」

「你是陳爺給的人。」

范哲睿好奇了。「只要貼上陳爺標籤的人事物，你就會護到底？」

陳毅皺眉，轉頭看窗外。

「我忘了，二爺除外。」

「想死就繼續說。」淡漠的表情因范哲睿提到的人染上鮮明的憤恨與……不是誰都看得出來的嫉妒。

「不要讓陳爺難做。」

「他還活著。」這已經是他最大的容忍。

「你們到底在說什麼？」

「不關你事。」兩人異口同聲，在欺負艾迪上，默契好得嚇死人。

「靠！」艾迪惱火送出兩根中指，負氣坐正看前方，不再理後座的兩人。

這兩人也不必他搭理，焦點又跳到其他正經的事務上。

「這段時間……你沒放過龍幫吧？」

「挑了兩個堂口。」陳毅看向范哲睿，「以找受傷失蹤的兄弟名義。」

「行啊，不枉我『失蹤』這一個多禮拜，算你行。」

「我只是接住你丟出來的球，利用你提供的情報——」

「組合成炸彈丟給別人。」他接話，視線瞥向陳毅。

雖然想過他會善加利用自己的「失蹤」進行他想做的事，但知道他真的做了，范哲睿還是不免感到驚訝。

難怪陳爺要他盡可能盯緊一點，怕陳毅年少激進，行事過火，反遭火噬。

才十七歲……不，這個人不能用年紀判斷，他是天生的黑道。范哲睿心想，比起他這個半路出家的半吊子要強太多了。

※　※　※

「范哲睿，你看我買什麼回來！」

白宗易提著蛋糕回到小套房，卻不見之前每天不是躺在床上就是趴在地上歡迎他回來的男人。

「范哲睿？」

白宗易試探叫喚，隨手放下蛋糕，才發現矮桌上的字條和一疊鈔票。

這段時間謝啦！

說好還兩倍，我三倍補你，不要太感動！

范哲睿

白宗易看著字條，拿起那疊鈔票，好沉。

這疊鈔票平常他得打多少份工才有，現在只是收容一個人就輕鬆賺到。

白宗易盤腿落座，看著矮桌上的蛋糕，鬱悶到極點。「幹麼早上不說，這樣我就不必買這個，浪費錢。」

白宗易嘀咕，環視狹小的套房，莫名的，覺得太空曠……

視線再落回桌上兩份蛋糕，神情有些悵然而不自知。

※　※　※

黑色房車平穩駛在臺北街頭。

「對了……」話多不怕口水少的艾迪又從前座冒出頭，一臉好奇。「真的不用跟救你的人打聲招呼嗎？好歹是救命恩人。」

「不必了。只是偶然認識的人，以後不會有交集。」

「不是道上的不要碰。」陳毅提醒。「麻煩。」

「是啊，道不同不相為謀。」

那小鬼集合所有成功的條件，出身清寒卻不自憐自艾，勤奮好學、力爭上游和家人相互扶持、陽光開朗，雖然視財如命，偶爾會耍點小心機，但都無傷大雅，那樣的人……

太乾淨了，可不能被他這種爛泥弄髒。

第二章

那坨像爛泥的黑影是什麼？

在地下酒吧打工的白宗易搬酒箱走出後門，剛疊上先前搬出來的準備回去時，眼角餘光掃見角落，發現一坨會上下起伏微動的黑影。

是醉漢還是打架鬧事被丟在這的混混？白宗易心想。像這樣的事在這種龍蛇雜處的地方早已司空見慣；基本上，除了店家和少部分善心人士會上前觀看外，其他的人都是裝沒看見，免得惹麻煩上身。

不安全的時代，明哲保身才是長命百歲的唯一方法。

白宗易也知道，但身為店家員工，他有義務去看是什麼情況，回報老闆。

才朝目標走十步就聞到濃濃的酒味，白宗易鬆了口氣。

是醉漢還好處理，如果是受傷被丟包的，幫或不幫是兩難。

老闆教過他，有時候不小心幫到他們這邊地盤角頭的對手，那可會惹來一連串麻煩。

白宗易走到醉漢面前，正要蹲下叫人時，手機鈴聲起，是他最愛的五月天《入陣曲》，螢幕顯示妹妹。

「妹，怎麼啦？……爸感冒？有去看醫生嗎？有就好，需要錢的話跟我說，我再寄錢回去，放心，最近又拿到一筆獎學金。」白宗易扯謊不是第一次，熟練得不必再打草稿。

「……我在幹麼？……當然是在念書啊不然咧……快月考了，我怎麼可能打工。有點吵是因為在麥當勞啊……好好照顧自己跟爸，先這樣……bye。」

白宗易結束通話，吁了口氣，總算又成功呼嚨過去一次。

雖然高興和家人通電話，但實在很怕他們發現自己又私下多打一份工，讓他們擔心會影響他學業。

「……你說謊。我要報告老師。」身後忽然傳來熟悉的聲音，帶著七分酒意三分調侃。

白宗易驚訝回頭，那坨爛泥正大剌剌躺在垃圾堆，姿態愜意得像躺在自家沙發上一樣。

「嗨，好久不見。」

幾天前說不能弄髒少年的「爛泥」揮手打招呼。

白宗易認出人，第一時間就是看他全身上下，確認沒有血跡，暗鬆了口氣，意識到自己竟然擔心他，內心暗惱。

他有沒有受傷關他什麼事，擔心那麼多，又沒人稀罕！少年鬱悶地想。

「醒了就自己離開。」被不告而別的人時至今日依然介意，沒有重逢的喜悅，只有當時被用紙條和鈔票打發的憤怒。「不要影響我們做生意。」

白宗易知道自己生氣似乎沒什麼道理，畢竟范哲睿錢也還了、道謝的話也說——更正，是寫了，白紙黑字可以留做證據。但他就是一股怒氣平不了，這幾天反覆思考，終於明白是因為他把范哲睿當朋友看。

正因為是朋友，所以要求更多。

正因為是朋友，忍不住有所期待。

清貧的家境讓他從小就體會過什麼叫人情冷暖。他知道交友廣闊的好處，也清楚眾叛親離的冷酷，以至於他認識的朋友多，但交心的少；以至於雖然自己一個人住在外頭，到了高三還沒有一個同學到過他的小套房。

奇蹟

My home is my castle——家即城堡。沒人有這個榮幸。

表面上平易近人的白宗易私底下藏著只有他自己明白的驕傲。

范哲睿是第一個，也是唯一的一個，雖然進來的方法根本是非法入侵。

但那傢伙……除了嗜吃甜點之外，其他的要求，乍看之下很任性、機車，實際上……卻是一種體貼。

知道他要省錢，寧可餓肚子熬夜念書，那傢伙就天天吵著要吃宵夜，每次都留三分之二給他。

嗜吃甜點的任性也會配合他的時間發作，最明顯的就是他準備模擬考的那個禮拜，完全沒聽他吵著要吃蛋糕。

更別提他不小心打瞌睡的時候，范哲睿送上的薄被，雖然每次都說不小心掉下去。

最好每次都那麼剛好掉在他肩膀上，蓋住他。

也在那一個多禮拜的時間，范哲睿激出他隱藏得極好的真實性格，惡劣、憤世嫉俗、對世界的不甘心。

因為這種種細節，他以為兩人已經是朋友。

那天的紙條和鈔票狠狠打了他一巴掌，不告而別、用完就丟……朋友，只是他一廂情願的想像和錯覺。

每當想到這裡，白宗易就覺得憤怒、丟臉，還有……委屈。

既然對方沒當他是回事，他何必糾結，不認識就不認識，誰在乎。

白宗易轉身離開，眼不見為淨。

就在這時，身後傳來語氣風涼但火力絕對驚人的威脅：

「如果我沒記錯，未成年不能在這種地方打工。」

少年頓步，轉身瞪視還坐在垃圾堆裡的男人，氣定神閒的姿態彷彿他坐的是用黃金、寶石雕刻成的國王寶座。

路燈下，桃花眼閃動灼灼算計的精光，發出最後的總攻擊：

「要我報告老師嗎？」

白宗易不敢相信他又來這招。

更讓人吐血的是——

依舊他媽的有效！

※　※　※

白宗易的小套房今晚又對同一個人開放，一樣扛著人進屋，一樣心不甘情不願。不同的是，還多了一樣藏在憤怒底下的擔心。

回家的路上范哲睿吐了，雖然知道是正常反應，但仍免不了擔心。白宗易看向臉色酡紅的范哲睿，被他的重量拖得一晃，忙調整姿勢分散重量。

酒醉的人自以為輕飄飄，但物理上是實打實的沉重，尤其身體還癱如軟泥，增加掌握的困難度，比起平常感覺要重上幾斤，甚至更多。

這讓白宗易扛人扛得比上回辛苦。

「你不要把重量都壓在我身上。」忍不住抱怨，甚至懷疑。「你是不是變胖了？」話出口的同時，手摸向對方肚皮，才剛碰到就被肚子的主人拍開。

范哲睿拍開他的手，語氣添上一絲惱意，似乎真的被變胖這事刺激到了。「不要亂碰，告你性騷擾。」

這人醉得厲害了。「又不是女人。」

「現在會被性騷擾的，不分男女，跟戀愛一樣。」

少年忙著料理酒醉的男人，沒意會到他話中有話，不假思索地回以嗤鼻。「最好是。」

就說是個屁孩，見過的世面還不夠。「我想睡覺……」范哲睿整個人往床的方向傾斜。

白宗易摟住他腰攔人，硬是拖往浴室。

「不要開玩笑了。你全身都酒味，這樣去睡覺，我床單怎麼辦。」他只有一套床單，清洗都要挑好日子，才能當天清潔當天用，容不得有閃失。

說話間，白宗易成功將人拖到浴室，拉來范哲睿受傷時為了幫他洗頭購置的塑膠矮凳，扶他坐下。

「你人真的不錯……」范哲睿輕嘆，是好少年。

下一秒兜頭的冷水讓他瞬間清醒，知道自己誤會很大。

少年是記恨的，而且非常。

「洗乾淨再出來，酒鬼。」

「我很少喝這麼醉……」范哲睿解釋。「今天是意外。」

「哪次遇到你不是意外。」白宗易想也不想說出口，才意識到的確兩人相遇必出事，而且都不是好事。

不想了，越想心裡越毛。「快洗。」

說完，不待范哲睿回應，白宗易逕自離開浴室。

※　※　※

當范哲睿洗完澡，回復一半清醒之後，走出浴室看見白宗易站在簡便的個人廚房煮粥。

「洗好了就過去等……」白宗易驚訝瞪視腰上繫著毛巾圍住重點部位，赤身裸體站在浴室前的男人。

白皙的膚色在未拭淨的水滴與燈光映襯下，像剛打發的奶油透著白瓷般的淡淡柔光，一時間讓人無法移目。

白宗易盯著眼前的風景，愣了近五秒。

不是被什麼白瓷的膚色吸引，而是——

「果然胖了。」還故意在自己平坦的腹部劃了個半圓調侃。「啤酒肚。」鼓圓鼓圓的，終於輪到他來笑人了。「二十二歲就中年發福，你完蛋了。」

范哲睿抓下擦頭髮的毛巾甩上少年揶揄的笑臉。

雖然中招，但看見他惱怒甩毛巾、整個人縮進被子裡遮醜的狼狽樣，白宗易有種占上風的痛快。

「衣服在旁邊。」他說，早幫范哲睿準備好換洗衣物，除了內褲是上回范哲睿來時添購的外，其他都是他的。

胖能怪他嗎？范哲睿想到就嘆氣。陳毅成功挑了龍幫兩個堂口，卻把整併的擔子丟給他，為了完成整併，幾乎每天都在跑攤吃酒席，天天三加一，偶爾宵夜還要吃兩攤……誰能瘦他跟他姓。

但這事他沒辦法跟白宗易說。事實上，他很意外還會再遇見他，十七歲的少年不應該出現在那種龍蛇混雜的地方。

「你怎麼會打工打到那裡去？」

「時數短薪水高。」白宗易說，關爐火，連鍋帶粥端到矮桌上，放進一根湯匙。

「吃一點，墊胃。」

范哲睿穿好T恤和短褲，下床爬移到矮桌旁，看著整鍋粥和附上的湯匙，他沒想到自己會有這麼粗獷的吃法，得歸功於白宗易，為了少洗一個碗，他什麼方法都想得到。

在白宗易這裡吃習慣了，范哲睿拿起湯匙就著鍋吃，然後——噗！

「這是什麼黑暗料理？」比八寶粥還甜的稀飯是怎麼回事？

「鹹稀飯啊。蛋花、青菜跟白飯一起煮……」邊說邊嘗一口的少年語噎，面露尷尬。「我把糖看成鹽。」

翻白眼。「我離開之後你都沒試著做飯。」

少年想起被拋下的事，語帶不悅。「為什麼要？」

范哲睿一怔，不解自己瞬間浮現的一丁點失望，笑道：「……也是，為什麼要練，練來幹麼……也好，做人不要太完美，有一兩個缺點會比較可愛……再拿根湯匙過來。」

「幹麼？」

「同甘共苦啊。」范哲睿晃動手中的湯匙。「還是你想跟我用同一支？」

白宗易起身拿湯匙，回來坐在他面前。

「一人一口不准賴皮。」

「你不吃也沒關係，我會處理。」

「一個人含淚吃完嗎？當我不知道你什麼個性，要你浪費食物丟掉跟要你命一樣。」

「是我自己弄錯……自己做的便當自己吃。」白宗易一臉嚴肅地說。

范哲睿微笑，忍不住傾身伸長手揉他頭髮。「你這小子還挺可愛的嘛。」

「不要弄我。」白宗易拍開他的手，伸手要將鍋子拿到自己這邊。

自己做的事無論對錯都要自己負責，獨立早成為他的一部分，不知道什麼叫依賴，更不懂得要拖別人下水。

范哲睿眼尖，搶先一步拍開他的手。「別鬧，說好同甘共苦。」

「為什麼？」他不懂，明明就不好吃，明明就是舌頭刁，吃到不好吃的東西會開罵的人，為什麼要跟他搶這麼難吃的東西？

「你是為我煮的。」素來閃動戲謔、不認真神態的桃花眼難得流露認真的情緒。

「當然有我一份。」

白宗易愣住。說不感動是騙人的，這人……其實也沒那麼糟糕嘛。

「我剛吃得比較大口，你要補上才公平。」

「……」白宗易清醒，這人還是不能把他想得太好。「知道啦。」

奇蹟

白宗易火大舀起一大口吹了吹，送進嘴裡。甜膩的味道與口感讓少年皺緊俊朗的臉，變成糾結的包子，眉心的皺褶足以夾死蚊子。

這鍋甜稀飯對本來就不喜甜食的他來說，根本與酷刑無異。

范哲睿笑意加深，同情地看著受刑的少年，看著他起身倒水喝下一大口沖淡甜味，還不忘幫他倒一杯回來。

「幹麼一直看著我？」

「好笑啊。」不著邊際的答應換來一記白眼，莫名地想起方才他一路扛著他回家，揚笑，隨口續道：「我剛發現你長高了，比我高兩公分，才幾天的時間。」

青春期少年是傑克的魔豆，改變只是一夜之間。這孩子本來就比他壯，現在又比他高，該不會連那裡……男人莫名的競爭心讓他忍不住視線下移到少年腰下——

嗯……看不出來，但他決定不研究這個可能會很傷自己心的問題。

相較於范哲睿邪惡大人的浮想聯翩，白宗易的反應實在正常太多，多到幾近聖潔純真，被大人激得要回嘴的炮轟鐵羽熄火，讓莫名的感動取代。

感動!?是的，沒有看錯、沒有誤會，就是感動！

他注意到他長高，記得他們多久沒見面……

范哲睿細心的發現讓他有點自己被人重視的錯覺。

是的，只是錯覺而非感覺。白宗易瞪著眼前攪拌稀飯的范哲睿，提醒自己不要再一頭熱把對方當朋友看。

上次當就要學會一次乖，再被一張紙條打發，他會唾棄自己。

「接下來我一口你一口——」

少年放下湯匙起身，打斷范哲睿的話。「你吃一半，剩下給我。」

不能配合他的心血來潮，免得自己一不小心又……

沒有期待就不會有傷害。白宗易起身，去拿換洗衣物進浴室。

「這小鬼是壞掉的熱水器嗎？忽冷忽熱的……」

不夠細膩的范哲睿不懂少年敏感的心思，嘀咕抱怨。

※　※　※

深夜，小套房裡熟睡的人呼吸沉緩，清醒的人呼吸平順，閱讀檯燈下的課業，偶爾穿插細微的沙沙作響聲劃破室內的靜謐，是白宗易振筆疾書的聲音。

專心的白宗易甚至沒發現床上的人轉醒，正盯著自己看。

看著白宗易就像看到以前的自己，范哲睿心想。唯一不同的是，白宗易的努力承載著家人的期待與倚重，而他……只有否定與禁忌。

必須承認，小心眼這毛病不分年紀，而且年紀越大、心眼越小。對白宗易，他羨慕更嫉妒，花了一段時間消化這種負能量滿載的情緒；隨之而來的，是對白宗易的期待。

無名小卒力爭上游，最後功成名就、光耀門楣——誰不喜歡這樣的勵志故事？只可惜……這樣的故事不是由他領銜主演。

矮几處傳來動靜，白宗易起身倒水，范哲睿連忙裝睡。

就在這時，咚的一聲，豆般大的雨珠打在窗上，宣告大雨來臨。下一秒，叮叮咚咚的雨聲不絕，老天爺的惡作劇在深夜格外清晰。

白宗易往床上看去，見范哲睿沒有被雨聲吵醒，鬆了口氣。

走去關窗也只能隔絕六七成，可見雨勢之大。

氣象報告說因為氣候異常的關係，菲律賓沿海形成春颱，雖然不會侵臺，但會造成熱帶擾動現象，不排除有對流性降雨。

而對流性降雨意味著很可能會有他最討厭的——

漆黑的夜幕被紫銀色的電芒撕裂出一道縫隙，緊接著轟隆雷鳴！

該死！白宗易的咒罵聲被下一道閃電雷鳴蓋過。

一道接過一道，閃電瞬息不斷，雷聲隆隆不絕，輪番交擊的瞬間，白宗易腦海閃過童稚哭求的聲音。

媽媽，不要走……不要丟下我們……

許多年前的午後雷雨，六歲的他牽著三歲的妹妹，拚命想留住提著行李離家的母親。

母親停步了，轉身冷眼看著他們，在小宗易以為自己成功留下母親的時候，他的母親拿起門邊鞋拔，高舉過頭，朝他跟妹妹——

「白宗易！白宗易！」

焦急的呼喚聲闖進模糊的意識，白宗易睜開眼睛看見一臉焦急的范哲睿。

我怎麼了？

「我不知道，剛一打雷你就整個人蹲在地上，叫你半天都沒反應。」

聽見范哲睿回應，白宗易才知道自己剛才無意識地把心裡想的事說出來。

「怎麼回事？」范哲睿盯著眼前少年冒著冷汗、蒼白如紙的臉。「你怕打雷？」

白宗易格開范哲睿的手，扶著牆緩緩起身。「沒事——」話還沒說完，閃電雷鳴立刻打臉他，不讓他繼續逞強。

范哲睿摟緊少年，緊貼的身體感覺到懷中人努力抑止卻失敗的顫抖。

這不是單純的怕打雷，他確實聽見了——

求求妳，不要再打了，媽媽……

聽見少年虛弱的求救聲。

※　※　※

死拖活拖，范哲睿終於把白宗易給拖上床。偏白宗易也倔強，被逼上床、還被推到靠牆一側避免他逃跑，沒有生路的少年選擇面壁，拒絕面對被人發現自己脆弱的恥辱。

「每個人都想上我的床，就你這麼排斥，真不給面子。」范哲睿發出十八禁的嘆息。他難得日行一善的說，偏這人不賞臉。

「這是我的床，我讓給你睡的。」少年依舊倔強。

紫銀色的閃電與轟隆雷聲再度來襲，白宗易全身僵硬，雙手絞緊床被彷彿它是最堅實的盾牌，可以抵擋一切危險。

白宗易後悔帶范哲睿回來了，如果他沒有屈服這混蛋的威脅，就不會有人發現他的祕密，他就可以一個人盡情害怕、顫抖，不必像在外面一樣硬撐裝沒事。

都是他害的！

一道天雷滾滾打散白宗易的怒氣，取而代之的是熟悉卻無法習慣的恐懼以及——毫無預警的天旋地轉。

男人一隻手臂不知何時鑽進白宗易肩頸和床墊之間，另一隻繞過少年纖瘦的身體，鑽進另一側的腰側與床墊間，雙手一勾一翻，白宗易滾進一個溫暖的懷抱。

白宗易咬牙，抬頭大吼。「范哲睿！」

「小聲點。」范哲睿將氣呼呼的腦袋安置在自己肩窩。「睡覺。」

「放開我！」白宗易掙扎，范哲睿的抱法讓他覺得自己是小朋友。

快十八歲的少年拒絕被當小鬼看！

范哲睿收緊雙臂，外加翻身側躺、長腿壓制，將還在扭動掙扎的少年收進懷裡，打了個長長的哈欠，輕喃：

「乖，快睡，明天還要上學。」

「你放開——」

「有人打你就打回去。」

白宗易愣住，因為被強勢的抱「緊」處理，他的耳朵緊貼在范哲睿胸口，打斷他的話就像是從范哲睿體內深處傳出來的，帶著一份敞開心扉、發自肺腑的誠摯：

「你長大了，足夠堅強、足夠勇敢，任何人都不能欺負你，也沒有人敢再欺負你。」

他……是不是知道什麼？白宗易茫然，仔細回想自己方才的表現，除了害怕、發抖他還做了什麼或說了什麼嗎？

想不起來，也無法再想。

范哲睿的體溫太溫暖，而白天上學晚上打工、蠟燭兩頭燒的生活也讓白宗易長期處於過勞的狀態，靠意志力支撐每一天的他無法再負擔更多，意識開始渾沌，任睡意將他拖進無意識的深淵。在那裡，雖然漆黑卻意外地溫暖舒適，彷彿整個人被黑色絲絨包覆，只想陷得更深，最好一輩子不要起來。

被鑽得有點癢的范哲睿抿脣，好不容易才把人哄睡，可不想因為怕癢爆出笑聲而功虧一簣。

范哲睿騰出手拉高床被蓋住彼此，懷裡的少年皺鼻嚶嚀一聲似是抗議他擾眠，男人認命地輕拍他背脊哄人入睡。

拍撫的頻率直到手掌的主人睡去才終止。

范哲睿攏緊雙臂圈出世上最堅實的防護罩，阻絕窗外不知何時才會停止的風雨，創造出兩人一夜好眠的世界。

此刻，還不算熟識的兩人是彼此唯一的依靠。

奇蹟

第三章

道弘高中三年四班今天迎來了世紀異象。

連續兩年摸走全勤獎學金、每個月都上全勤榜的超超超級模範生今天竟然遲到了！

「是我眼花還是真的世界末日？」

方子安收回看電子錶的視線，看正落座在自己後排的同學。

「八點，我有沒有看錯，八點耶！你真的是白宗易嗎？」

白宗易淡淡掃了同學一眼，不想理他。

他可以不遲到的，如果沒有那件事……

一回想起睜開眼睛後發生的鳥事，白宗易俊朗淡漠的臉上浮現兩抹淺不可見的紅暈。

※ ※ ※

真的是一件「鳥」事。

被熱醒的白宗易睜開眼睛就看見一片白皙的肉牆，驚得他跳過賴床的階段，瞬間清醒。

見范哲睿還沒醒，白宗易吁了口氣，準備悄悄下床、偷偷出門避開兩人起床的尷尬，沒想到才剛動了一下就被摟緊，無法動彈。

「別動……寶貝……」

寶貝是什麼玩意？白宗易表情扭曲了，急著下床遠離這個私生活肯定淫亂的傢伙。

但他選錯方式也走錯方向。

要知道，人生很多時候走錯路，就是一失足成千古恨，好比現在——

白宗易翻身撐起自己，一腳跨過男人的身體要下床，腳尖還沒碰到地底，不堪其擾的范哲睿雙臂一收一壓，將搗亂的人扣留在自己身上，像合十的雙掌不留一絲縫隙。

正因沒有縫隙，白宗易確切感受到范哲睿的體溫還有——頂著自己胯間的某物。健康教育滿級分的他不會裝不知道那是什麼。

一柱擎天是每個正常男人起床前的基本功他也知道，自己也是，但兩柱交鋒，還用這種姿勢，十七年處男生涯頭一遭。

白宗易連忙雙手按床試圖撐起自己脫離魔掌，偏折騰到半夜才睡的男人仍在熟眠階段，以為自己又跟某個一夜情的對象廝混在某家旅館，一切單憑本能反應，翻身將人壓在身下，大掌撫上對方胯間敷衍地磨蹭。

敏感的賁起被人一手掌握，白宗易發出驚呼。「不要……」

懷裡生澀的反應激起男人本能的野性，駕輕就熟地伸進褲頭握住挺直的肉柱，極佳的手感讓范哲睿忍不住又摸又掐地套弄起來，小指與無名指不時挑撥鑲在根部的肉囊，單靠一手就能覆雨翻雲，在少年身上激出猛如狂潮的快感。

「啊……」白宗易呻吟出聲，強烈的異樣快感像觸電般迅猛刷過他背脊，打了個激靈的少年背脊成弓，挺起的上身更貼近襲擊自己的男人，咬牙擠出破碎的抗議。「放開唔……」

男人封口落吻，吞噬少年未說完的抗議，擒住敏感部位的手加快侵略的節奏，上下套弄摩擦出一波強過一波的顫慄快感，弱化少年的抵抗。

扣在范哲睿肩頭的手依舊用力卻不再推拒，經過最初因慌亂而起的抵抗，男人熟練成本能的挑逗喚醒少年的慾望。

親吻、自慰、做愛這些字眼之於白宗易不過是健康教育、Google 大神搜尋網下出現的名詞，或者是男同學口耳相傳，互相比拚誰先破處的話題，太多書要念、太多事要做，過度忙碌充實的生活不容他去想這些，直到此刻。

白宗易覺得自己全身的血液和神經都集中到下半身，脊椎失去支撐的功能，癱軟在范哲睿有技巧的揉捏下，同時承受口舌蹂躪的白宗易在親吻呻吟中尋求解放：

「哈啊……放手……我、我要……」

高潮迅猛來襲，男人熾熱的手掌迎接白宗易人生第一次的射精。

解放帶來的虛脫感讓白宗易覺得自己像一灘泥，除了本能喘息，沒力氣再做其他事，唯一能感覺到的，是身上來自范哲睿的重量。

這一瞬間，他有點明白為什麼有人會喜歡這種禁忌、親暱的感覺。

白宗易側頭，只能看見范哲睿在枕頭外的側臉。「范哲睿……」

「再給我十分鐘，艾迪……」

白宗易睜大眼，化泥的身體重新凝固，硬度媲美水泥。

艾迪！誰是艾迪！

※　※　※

「嘿，回魂哦！再不走會遲到哦。」

一記彈指將白宗易喚回現實，發現方子安還盯著自己。

「什麼？」

「化學教室啊，你忘記今天要做實驗嗎？剩我們了。」

白宗易環視教室，發現教室裡只剩他和方子安。

「謝謝你。」

「不客氣，英文筆記算我便宜一點，打個八折就行了。」

白宗易拿課本的動作一頓，狐疑地看著即將消費的新顧客。「你沒跟我買過筆記，為什麼突然想買了？」

方子安嘿笑兩聲，不好意思地搔頭邊道：「我答應我奶奶這次月考英文要拿八十分，當她的母親節禮物。」

「母親節……」白宗易一愣，想起這個同學和奶奶相依為命。

和他一樣，都不容易。

「八折可以吧？」方子安眨著一雙懇求的靴貓眼看他。

「送你。」白宗易難得慷慨。「只要你保密不說出去。」

「沒問題！」方子安閉緊嘴脣，抬手在嘴巴前做出拉拉鍊的動作，連嗯好幾聲。

白宗易好氣又好笑。「可以說話了。」坐在他前面的同學是個活寶。

方子安拉開「拉鍊」，開口：「我保證！死守祕密，兄弟！」

免費拉近你我的距離，方子安當下認兄弟，自來熟得順理成章，就連白宗易也不覺得有什麼尷尬不自在，意外多了一個朋友。

「走吧。」白宗易笑，拿起課本和筆袋往教室外走。

才邁開一步就被跟在後頭的同學拉住。

「你受傷了！」方子安抓起他右手，指著染血的指骨。「你看。」

白宗易這才發現自己右手指骨的血跡。

「你遲到是因為跟人打架？」媽媽咪呀，看不出來模範生打架耶……「你放心，我不會說出去，祕密！」方子安又拉上嘴巴拉鍊。

白宗易失笑，擦拭之後發現沒有傷口。

打人的沒受傷，為什麼會有血跡就只剩一種答案……

※　※　※

嘶！一聲痛呼溢出范哲睿的口，牽動他嘴角的傷，又是一聲痛呼。

「吵死了，怕痛就不要隨便吃別人的嫩豆腐。」艾迪將ＯＫ繃貼上他嘴角，白眼面前的男人。「昨天拚酒到一半就給我落跑，還以為去幹什麼大事，結果……你怎麼不去死一死！在外面過夜也不說一聲，還以為你又被龍幫的人怎麼了。」害他擔心得一夜沒睡，到天亮才收到陳毅手下送來的報告，才知昨晚醉茫的某人被之前的救命恩人撿屍走了。

總算能安心睡覺的時候，這混蛋找上門要他幫忙擦藥！

怎麼受傷的？得到的答案更讓人吐血。

睡夢中不小心奪走某隻童子雞的第一滴精血，童子雞羞憤地施出雞爪功，轟他一拳。

聽說跟他一樣大，才十七歲。

未成年也吃得下去，這混帳不人道毀滅，天地不容！

「我以為是你——」

「去死啦！」艾迪抬腳踹開眼前人，怒極。「最好跟我有關係，你有種碰我試試，我會讓你知道什麼叫重新投胎。」

范哲睿雙手半舉作投降狀。「只是玩笑，不要那麼認真。」

「玩笑也不行！」艾迪實在不懂，義雲盟人才濟濟，總堂口隨便哪個人都能抵上十個范哲睿，陳爺為什麼偏派他跟著陳毅，想到就替陳毅覺得委屈，手下人淨是有問題的傢伙。

當然，除了他以外。「那人應該一拳轟你人中送你歸西的。」這樣陳毅也少一個負擔。

臉皮厚如牆的男人皮皮一笑：「我要真死了，哭得最凶的肯定是你。」

「鞭炮放最長的人一定是我。」

「才十七歲不要像四十歲的男人一樣。」

空有外表實無內涵的空心小爆炮一枚，著實聽不懂老笑話，直接掉坑底，呆萌應聲：「什麼？」

「只剩一張嘴。」

艾迪翻白眼，他真的應該教那個撿范哲睿兩次屍的人怎麼一擊斃命。

說到那人……艾迪忽然想到，「你救命恩人到底是誰？兩次都撿到你肯定有鬼。」一次巧合可以說是意外，但兩次……他再怎麼粗神經也知道兩次的巧合通常就叫做設計。

「真的是巧合。」范哲睿說著，不想暴露任何有關白宗易的資訊。

要說是迷信也成，總覺得道上的人知道，就會害少年被扯進這個不屬於他的世界。

「你確定？」

「你這是在質疑我？」范哲睿反問，收起嬉笑的表情，透出藏在笑臉下的冷峻。周身輕鬆的氣氛瞬間降至冰點，饒是語調輕鬆，莫名地讓人膽寒。

饒是粗神經如艾迪，面對生死一瞬也會忽然警覺，收斂年少輕狂的張牙舞爪，緊盯對方動作，繃緊神經戒備。

艾迪不得不承認，相處近半年還是搞不懂這個人，前一秒可以跟人說笑話，葷素不忌；後一秒忽然變臉，氣場肅殺，莫名其妙的雙面人！

「跟陳毅說一聲，昨天那場酒席沒幾個安好心。」范哲睿說著，拿出一張清單。「真的決定脫離龍幫進義雲盟的只有這些人，讓他多花點精神收對方的心。」

艾迪接過名單，才剛吐槽完這人沒能力，馬上被嚇、被打臉，真不甘心。

像他這樣吊兒郎當的人，哪來這麼靈通的情報網？

范哲睿讀出艾迪的不服氣，失笑。「不要急，沉穩一點，等你長大，我手上的這些都會交給你。」

「什麼意思？」

范哲睿笑而不語，捏捏艾迪圓潤的臉頰，閃過火爆美少年揮來的爪子，從容離開。

比起義雲盟內部的發展和勢力分布，他更擔心怎麼面對另一個十七歲少年。想到白宗易他頭都痛了。

他欠他一個……解釋？道歉？

范哲睿還沒想清楚是哪個，看著自己吃盡人家嫩豆腐的右手，很想知道這五個兄弟在想什麼，怎麼會趁他睡昏頭的時候手癢地去「強」了人家小弟弟！

果然，少年的尺寸讓他充滿「淡淡的」哀傷……很想重新投胎。

范哲睿甩頭，拒絕再回憶自己殘害國家幼苗的惡行。
白宗易應該不會要求黑道式制裁，要他剁手賠罪吧？
就在范哲睿苦思怎麼平息少年的怒火時，手機響起，是陌生號碼。
范哲睿接起，傳來正經又刻板的聲音：
『請問是白宗易的表哥嗎？』
表、表哥？范哲睿錯愕。

※　※　※

道弘高中學務處外萬頭攢動……呃，說萬頭是誇張了點，不過就二十幾顆人頭擠在門口，每一顆都巴不得擠進門縫竊聽裡頭的細節。
沒辦法，收刮所有能拿的獎學金、筆記是全校爭相競買還乖乖遵守規則不敢偷印盜版的最強模範生竟然因為傷害同學被叫進學務處，這是多麼驚天動地的大事。
被傷害的還是女同學、女同學耶！
人牆外，傳來一道清朗的聲音：
「各位同學，麻煩讓一讓。」

哪個沒禮貌的來搶位？「才不要！我好不容易才擠到這裡……」

范哲睿失笑，離門至少隔了三堵人牆是怎麼回事？

白宗易出事這麼熱門啊？

范哲睿笑，雙手圈在嘴邊當大聲公朝前方鑽動不停的人頭們喊：「熱水來嘍！大家讓一讓，小心燙！」

此話一出，二十幾顆人頭立刻像摩西分海，左右讓開一條康莊大道。

范哲睿揚笑踏上前往學務處的道路，開門前回頭掃視眾人，不忘帥氣做出揮手禮，一派優雅禮貌道：

「謝謝各位同學配合。」

敲門，進門，關上。

關門聲後三秒鐘，女同學驚豔的呼聲喚眾人回神。

「那誰啊？好帥！」

「是不是白宗易表哥？老師說要找他表哥來學校。」

「表哥這麼帥，該不會一家都是俊男美女吧？」

「他還戴百達翡麗耶！」

「什麼東西？」

「名牌手錶啊！比勞力士更威的牌子……」

同學們開始騷動。

「難道白宗易是有錢人？傳說中的豪門？」

「豪門賣筆記、搶獎學金幹麼？」戴眼鏡的同學嗤聲說真相，但萬年全校第二的身分讓他被群眾吐槽。

「人家能搶能賣是本事，你嫉妒就說一聲，沒人會笑你。」

「就是就是……有錢人訓練小孩的方式不一樣，這叫……菁英教育！」

沒錯、沒錯！身邊同學們點頭如搗蒜，肯定的反應好像親眼見過白宗易他家豪宅，甚至到他家做過客，七嘴八舌添加傳奇色彩。

眼鏡少年吐血，這群人有沒有常識，有沒有看過《貧窮貴公子》啊！

※　※　※

學務處內鴉雀無聲，就連見過范哲睿的白宗易也一樣。

沒辦法，撿了兩回屍，印象中的范哲睿就是邋遢的代表，在他家除了撿屍時的衣服，其他的時間，這人都穿他的，連內褲都差點要搶。

更別說還有幾次因為沒衣服換，在他家包棉被的時候。

是以，當他看見身穿筆挺西裝、腳踩黑亮皮鞋，似乎還上了髮雕作造型，一派尊貴爾雅，彷彿從名模雜誌封面走出來的范哲睿，反應跟七月見鬼差不多。

就是要這種效果。成為眾人焦點的范哲睿不請自坐，一個彈指，拿下現場主導權。

「請問我……」桃花眼帶笑瞟向忽然變成親戚的少年，後者羞惱的表情可愛到差點害他笑場破功。「可愛的表弟，做了什麼事，讓貴校在我百忙之中還要撥冗前來？」

幾句話，滿滿的有錢人威壓。

瞬間讓主任和為女兒討公道的家長會會長抖了幾抖，背脊冒冷汗。

他們是不是惹到什麼隱藏版的大人物？

人帥、聲音又好聽……女同學兩眼冒星星，接近白宗易，小聲道：「白宗易，你表哥好帥……你叫他當我男朋友，我就跟我爸說我原諒你。」

白宗易傻眼看這個同班同學，後悔之前為了五百塊跟她假約會。

是的，這女同學就是當初喊彩虹的那位。

因為化學教室同組做實驗再度交集，在大家專心做實驗的時候，她忽然跑到他身邊約去KTV唱歌，他拒絕之後忽然生氣要推他，他閃開、她跌倒，小腿被椅凳刮傷之後就哭鬧起來，還碰倒剛開封的氫氧化鈉。

「我什麼都沒做。」甚至還為了救她碰到氫氧化鈉遭受化學性灼傷。

低頭看右手臂，雖然經過徹底處理，但仍存在的灼熱刺痛感依然強烈得讓他難受皺眉。

「我家的孩子怎麼可能推女孩子，還害她受傷。」范哲睿揮手像趕蒼蠅似的，「絕對不可能。我們家宗易不可能做這種事。」

篤定的話語轉移白宗易對疼痛的注意力，錯愕看他。

他相信他沒做壞事？什麼都沒問的情況下相信他？

「你的意思是我女兒說謊？」會長惱火說，拉女兒過來，指著她小腿上的紗布。

「這就是證據！」

范哲睿瞄了眼，立刻起身讓座，「女孩子腳受傷怎麼能站著，快坐下。」他邊說邊扶女同學落座。

「謝謝……」女同學雙頰微紅，小聲道謝，語帶羞澀。

白宗易臉色刷白。他這樣說是什麼意思？

范哲睿單膝蹲在女同學面前，垂眸看著她小腿，語帶憐惜：「疼嗎？」

「嗯……」女同學被看得害羞，臉頰酡紅、心花怒放。這種王子的跪姿讓她瞬間有自己是某國公主的尊榮感。

會長不開心了，這人怎麼可以這樣看他女兒，沒禮貌！「喂，你——」

「噓！」范哲睿揚掌示意會長閉嘴。

興許是貴氣逼人，又或者是會長太久沒被人這麼對待，愣了三秒才反應過來。

「放開我女——」

「爸！」女同學打斷會長的話。「聽大哥哥說話。」開玩笑，帥哥跪眼前，老爸變路人，怎麼可以讓他破壞自己剛萌芽的戀情！

會長傻眼，愣看叛逃的女兒彎著食指繞髮尾，一臉羞澀道：「你要跟我說什麼？」

范哲睿和善微笑。「妳說我們家宗易推妳。」

女同學看著面對自己的俊臉，心跳加快。「……嗯，對。」

「我沒有！」白宗易抗辯，事發當時大家都專心做實驗，注意到這個同學時已經跌倒在地上，加上這女同學在班上關係極好，他百口莫辯。

「安靜。女孩子說話不准插嘴，我教過你的。」

最好教過！白宗易不敢相信地瞪著背對自己的男人。

如果連范哲睿都站在他那邊……白宗易後悔極了，他不該因為不想家人擔心扯謊報范哲睿的手機號碼，謊稱是他表哥。

女同學因范哲睿幫自己說話，安心也開心。這人肯定對她也有意思。「我不是想跟白宗易吵架，只是他推我又不道歉，我爸很生氣。」

「我懂，他當著妳的面這樣推妳對吧？」范哲睿說話時，還示範往前推的動作。

女同學點頭如搗蒜。「對啊，他突然跑到我面前推我，害我跌倒還被刮到受傷……好痛。」

「瞭解。」范哲睿拿出手帕給女同學，在她接過擦拭想像中的眼淚時，不經意地開口問：「既然妳被宗易正面推倒，妳應該是屁股著地，為什麼會是前面膝蓋受傷？」

女同學拭淚的動作瞬間凍結，白宗易訝然看他。

會長和主任張口結舌，沒想到情況急轉直下，往他們意料之外的方向走。

范哲睿站起身，轉看現場另外兩名大人，揚起優雅的笑容開口：

「你們誰能示範一下，我這樣從正面推，你們可以膝蓋著地？」

……鴉雀無聲，因為某種東窗事發的心虛。

范哲睿走到白宗易身邊，輕柔地掬起他右臂，聲線因不悅微沉：「怎麼回事？」

白宗易愣了一秒鐘才回：「她一生氣把我的課本掃到地上，弄倒一罐氫氧化鈉……」

「處理好了？」

「嗯，化學老師跟保健中心的醫生一起幫我。」

「做得好。」范哲睿揉揉少年髮頂說著，回頭看向另一側的三人。「現在，你們誰要給我一個交代？」

范哲睿拉來椅子，讓白宗易坐下，從後頭摟住少年，下巴抵在他髮頂，舉止隨意卻透露對少年的疼惜與在乎。下一秒瞇起眼睛，語氣低沉，吐出具體的威脅：

「先說好，我不滿意誰都別想走。」

簡單一句話讓對面三人渾身一顫。

※　※　※

校園綠蔭大道上，徐徐輕風吹過樹梢，沙沙作響，黃昏餘暉映影一前一後的兩道人影。

男人的影子忽然加快腳步，搭上前方少年的影子。

「怎麼樣，我這個表哥表現得好嗎？」

范哲睿討好問，接著得意洋洋道：「我可是把我這輩子的認真都用在這上面了。」

「你的認真也太少了吧。」白宗易忍不住吐槽，范哲睿一臉「誇獎我啊」、「崇拜我吧」的得意表情實在讓他很難說出個「謝」字。

嘖。「就知道現在的年輕人不懂得知恩圖報，表哥心好痛！」

「那我們順便算一下今天早上──」

「停！」表哥忙喊暫停。「我醜一，你醜一，大家扯平，ｏｋ？」

白宗易沒有回答，靜靜看著他，很難說清楚自己此刻的感受。

在學務處的時間像在洗三溫暖，他經歷被無條件信任的暗喜，到被懷疑的悲憤，直到最後發現這是范哲睿為了幫他洗清冤屈而設的陷阱……

直到今天他才發現，那個死賴在他家、硬拗他做牛做馬的男人其實──

很帥、很聰明、很像大人，很……高不可攀。

范哲睿揉亂少年的髮後收回手，笑問：「幹麼不說話？心情不好啊？」

少年回神，看著前方地面上兩人的影子。「你真的相信我沒有欺負那個女生？」

「當然。不信你信誰。」

噗咚！范哲睿理所當然的一句話像記重拳，擊中少年心口，重重一震，停步看著本來併肩走的男人自言自語往前走。「你每天忙成那樣，連睡覺的時間都沒有了還欺負人哩。」范哲睿笑。「更重要的是，你不屑。你要真想教訓一個人，絕對不會用這麼瞎又容易被抓到的方法。」對方用的招數等級實在太低，反而洗清白宗易嫌疑。

范哲睿的聲音隨著拉開的距離飄遠。

白宗易看著逐漸走遠的范哲睿。

他到底撿到什麼人？為什麼這人可以一下子像無賴又可以突然變得……這麼遙不可及？

西裝襯得他背脊更加挺直如松，掛在他肩上繡有校名的書包顯得詼諧好笑，無法相容，完完全全兩個不同的世界。

就像他跟他……再次感覺到兩人的格差，白宗易覺得鬱悶。

他要怎麼做才能像這時候在他面前的范哲睿，端方從容、機智敏銳，像個真正的大人？

雖然他仍不知道范哲睿是什麼人、做什麼的，但打工經歷讓他練就看人的眼光。他打工的加盟店老闆也做服飾精品的生意，教過他什麼才叫人要衣裝。

不是每個人穿上名牌就氣勢非凡，有的人被衣裝駕馭，名牌服飾襯出自己的寒酸，有的人駕馭衣裝，就算是地攤貨也能穿出名牌氣場，何況是實打實的名牌。

白宗易看著前方踩進斜陽中的男人，陽光模糊了線條，讓范哲睿看起來更虛無縹緲，彷彿要與陽光融為一體。

會有那麼一天嗎？他穿上跟范哲睿同樣的西裝，襯得起西裝代表的成熟感，讓人無法忽視自己存在？白宗易問自己。

如果不行呢？一瞬間，挫敗感令他膽怯，褪了白宗易的志氣。

就在這時，一聲呼喚傳來：

少年抬頭，看見被斜陽鍍上金黃色彷彿神祇的男人正朝自己招手：

「白宗易！」

「站那幹麼？還不跟上來！」

跟上去……少年沒來由地突然胸口一熱。男人突如其來的催促喚醒他骨子裡的鬥志，擊潰內心瞬起的膽怯，換回一如以往的滿滿自信。

會的！一定會！少年在心裡這麼告訴自己。

才差五歲，如果眼前才是二十二歲的范哲睿真正的模樣，五年後的自己一定也可以，甚至比他更好！不！是一定要比他更好！

少年衝到男人面前，踩進籠罩他的斜陽裡，目光帶著自己也不明白的熱切看著他。

「范哲睿！」

被點名的男人嚇了跳。「叫魂啊。」都跑到面前了還叫他幹麼？

「謝謝！」少年直率的道謝震驚了他。

范哲睿訝異，睜大眼睛看著他。

這小子竟然跟他道謝……范哲睿敲了敲鼻梁，面對少年坦率的謝意竟然害羞了！

他會追上他！輕狂的少年滿懷信心，就像現在這樣主動追，一定能追上他，站在同個地方，享受同樣的陽光！

白宗易目光灼灼盯著眼前的男人，沒有意識到自己把對方當成努力的目標，帶著對英雄的崇拜情感與雄性本能的競爭意識。

范哲睿不知道少年此刻在心裡許下的願望，倒是被少年的笑容吸引，無法移目。

被生活壓力繃得僵硬死板的俊朗容顏因笑容柔化，在斜陽照映下，多了青春正當時的璀璨，自信滿滿得彷彿世上無難事。

一瞬間，眩花范哲睿的眼。

這少年……他期待他將來展翅高飛的那天。

※　※　※

當晚，白宗易因為化學性灼傷發燒。

考量醫院人多混雜、需要排隊掛號，擔心延誤病情的范哲睿直接 call 北堂專屬的醫生前來，沒想到後頭多了條小尾巴。

小尾巴艾迪終於知道范哲睿的救命恩人長什麼樣。

「這人身高超過一八〇吧？」艾迪盯著離床尾只剩五、六公分距離的大腳丫。

沒辦法，人總會注意自己最在意的事。

「安靜，不要吵他。」范哲睿拿毛巾輕拭白宗易發汗的額頭，看向醫生。「怎麼樣？」

「他是因為傷口發炎，導致身體發熱反應……吃點藥，補充水分多休息就好。」

醫生簡短說明，不敢亂開玩笑。

范哲睿鬆了口氣。「謝謝。」說完後，眼神掃向大門，送客之意明顯到讓人戳瞎雙眼都沒法裝看不見。

「就這樣？」兩個字打發人？

「滾了。」眼神讀不懂，他不介意開口說。

「嘿，范哲睿——」

「走吧。」醫生攔住艾迪，免得惹火范哲睿，他得扛個傷兵回家。

總堂口的人還是尊敬點好。

范哲睿不知道兩人什麼時候離開，此刻他眼中只有因發燒面露潮紅、呼吸急促的白宗易。摸摸他的手，有點冰，下意識將白宗易的雙手拉到被子底下，將被子拉高蓋住他脖子，輕撫發熱的額頭。

他很少照顧人，所做的一切舉措都是來自和母親相依為命時的記憶，她曾經這麼對他做的……在他十歲之前。

本想叫醒他起床吃藥，見他睡得這麼熟，不忍心了，只好讓他繼續睡。

就在這時，白宗易手機響起，范哲睿循聲找到，是標榜字大鈴聲大、附ＳＯＳ警報器、無照相功能的老人機種，差點大笑出聲。

范哲睿接通，是打工的加盟店。

「是，我是宗易的朋友，他身體不舒服……」本想幫忙請假，想到白宗易的個性，連忙改口：「他可以請朋友代班嗎……沒問題，絕對有經驗……二十分鐘後到，謝謝。」

范哲睿結束通話，看向沉睡中的白宗易。

※　※　※

深夜，陳毅走進辦公廳，不見平日吱喳吵人的麻雀艾迪出來迎接。

「艾迪呢？」

「說去打工。」

「打工？」陳毅挑眉，難得露出疑惑的表情。

北堂什麼時候讓他委屈到得去打工餬口了？

※　※　※

老人手機尖叫的鬧鈴聲逼迫白宗易清醒，習慣性地伸手要拿，卻摸到溫熱柔軟還帶點彈性的東西。

鬧鈴聲也在此時終止。

沒道理，手機不是軟的啊。白宗易困惑地捏了一下掌中的柔軟就被抓住。

「嫉妒我長得帥也用不著趁我睡覺毀我容吧。」

白宗易徹底清醒，轉頭就見范哲睿趴在床邊看他，自己方才捏人的手被扣在他掌中。

「睡得好嗎，親愛的……」

傻眼。「親、親愛……」

「的表弟。」表哥意猶未盡地延續親戚關係，伸手探上白宗易額頭測溫邊道：「還會頭暈嗎？身體會不會痠痛？有沒有力氣？要不要跟學校請一天假？」

白宗易眨了眨眼，恍若夢中，還沒回神。

眼前的范哲睿太親切、太溫暖，太……不像范哲睿。

奇蹟

一記彈指聲響拉他回神。「不要發呆，回答我啊。」

「去學校。」

「就知道你會這麼說。」范哲睿挺身要起，坐了整夜地板發麻的雙腳撐不起重量，才剛起身就讓他跌趴在床邊，帥氣指數直接歸零。

「范哲睿！」白宗易驚訝，起身要扶，被他搖頭阻止。「你怎麼了？」

「坐太久，腳麻。你家地板有夠硬。」范哲睿轉轉腳踝、動動腳趾，等待血液順暢、麻癢的感覺褪去。「不好意思啊，之前借住時讓你睡那麼多天地板。」

「……」白宗易伸手摸上范哲睿額頭。

「你幹麼？」

「懷疑你被我傳染生病。」

這小子……范哲睿莞爾，抓下白宗易的手。「我是說真的……白宗易，我們交個朋友吧，交心的那種。」

白宗易愣住，驚訝俯看坐在床邊地板的男人。

「就這麼決定了。」曾經他想用自己的力量打造守護自己和母親的避風港，但他母親不需要，而且不准他動手。

白宗易不同，他背負著家人期望拚命努力，自己做不到的事，這小子肯定能達成。

他想看見功成名就、意氣風發守護家人的白宗易。

壓麻的雙腳終於回復正常知覺，范哲睿起身，按揉少年髮頂，聽說髮質反應主人性格，髮質較硬的人性格偏向堅毅、固執。「不要讓我失望啊。」說完朝廚房走去。

不一會兒，小廚房飄來濃濃的蛋香與火腿香氣，還有一點蔥的香味。

范哲睿不吃蔥，但白宗易愛……

聞到蔥的香氣，白宗易才確定范哲睿在為自己做早餐。

還有他剛說的坐太久腳麻……

「范哲睿。」

廚房裡的男人分心看他。「幹麼？」

「你昨天一直在這裡？」指著范哲睿剛坐的位置。「在這裡陪我？」

「醫生說你可能重複發燒，最好有人盯著。」蔥蛋翻面，漂亮的金黃色。范哲睿滿意極了，十歲被叫小當家，這綽號可不是叫假的。

「一整夜？」

「當然，我三點半的時候還扶你起床尿尿、還幫你擦澡，沒印象？」

想一想……真沒印象。「一直沒走？」

他不知道自己為什麼追著這問題不放，明明范哲睿剛都回答了，但腦海中想像他坐在床邊照顧自己徹夜未眠的畫面……溫暖美好得不敢相信。

范哲睿端著早餐走回來，放在矮几上。坐在床上問問題的少年不知道是因為大病初癒還是剛睡醒的關係，有點憨傻。

可愛兩個字再度浮現范哲睿腦海。

「沒走。」帶著食物香氣的手指戲謔地輕捏少年略帶肉感的鼻頭，男人失笑道：「怎麼可能丟下你不管。」

白宗易渾身一震，被輕捏的鼻頭在手指碰觸的瞬間異常發熱，燙得他拍開男人作怪的手，快步衝進浴室關門。

必須逃！出乎意料、莫名加快的心跳讓少年不知道該如何是好，胯下瞬間緊繃脹熱的異樣感受更讓他心驚肉跳。

他是怎麼了？為什麼會……白宗易搗住自己忽然起反應的小老弟，腦中浮現昨天早上范哲睿帶給他的刺激，慾望賁起，因為內褲的壓迫有些疼痛。

外頭，完全不知自己意外點火的范哲睿看著浴室方向感嘆。

「年輕人恢復力就是不一樣。」完全不像昨晚一度燒到三十七點五度的人。

此刻的他完全沒想到這天早上自己隨意打趣的一捏，會改變兩人的命運，走向彼此意想不到的人生。

奇蹟

第四章

義雲盟，顧名思義，取自「義薄雲天」四字。

沒有人敢相信，這個二十年前由兩個北上發展的年輕人取名自晦的小幫派，十年前忽然崛起，一發跡便躋身北部第三大勢力，最近更大膽單挑北部最老字號的龍幫，取而代之的野心勃勃，挑動黑白兩道的敏感神經，有人隔山觀虎鬥，有人坐等收漁翁利，有人擔心自己成為下一個被針對的龍幫。

畢竟以帶頭者陳東揚衝鋒陷陣的狠勁、加上周明磊運籌帷幄的陰狠，還有底下不知從哪裡網羅來、各具本領的子弟兵，在嚴謹到幾近苛刻的盟規淬煉下除了強就是更強，實打實的即戰力不容小覷。

看他們讓十七歲的陳毅掌管資源最多、敵人也最多的北堂就知道，在義雲盟，實力更重於年紀。

雖然有句話說：拳怕少壯，棍怕老郎，但郎如果老到髮蒼齒禿，只想偏安一方，那就只有被少壯取而代之的命運了。

沒有什麼是屹立不墜無法取代的，少壯與老郎之間的世代紛爭存在於每個組織，就算是以幫派來說正進入成熟期的義雲盟也不例外。

總堂辦事廳內，今日因為北堂堂主與二把手的爭執氣氛僵凝，除了陳毅、陳東揚、周明磊三人外，其他人都是陪坐。

范哲睿也是其中之一，看這三人的態勢，有種看宮鬥劇的錯覺。

日理萬機的皇上永遠看不見後宮的爾虞我詐，也幸好，後宮裡的人有共同的目標——將義雲盟勢力發展到極致——才能維持目前的平衡。

「行了，明磊。阿毅已經為擅自挑了龍幫兩個堂口的事道歉，你就不要再罵他了。」陳東揚安撫的口氣很明顯就是偏心年輕人。

是啊是啊，別罵了，他們花一個多月的時間收編，雖然還沒完成，看在他們累得跟狗一樣，就睜隻眼閉隻眼吧。范哲睿心想。

周明磊當然聽得出來陳東揚的袒護之意，丹鳳眼冷冷掃過陳毅，回到年輕時結拜的大哥身上。「表面上的勝利不是真正的贏，他這一鬧，龍幫開始轉移他們的資產了你知道嗎？」

陳東揚大掌拍上兄弟的肩。「你追得到第一次就絕對能找到第二次，我相信你。」四十歲的男人稜角分明、粗獷陽剛的臉上綻放結合「信任」與「賴皮」的笑容。

我相信你——他被這四個字騙了二十幾年。周明磊垂眸掩去不滿的情緒，再抬起時，已是平靜。「下不為例。」

「保證沒下次。」義雲盟老大豎掌發誓。

周明磊掃了他一眼，起身已有離開之意，卻被陳東揚搭肩扣留。「一起吃個飯吧，我下廚，我們三個人很久沒一起吃飯。」看向其他人，「你們也留下來吃飯，吃飽好上路。」

吃飽好上路……陳爺，您確定您這句話沒有語病？在場的幹部們聽得耳朵好痛。

周明磊拍開他手，帶人離開，其他人見狀也紛紛找理由退下。

還是餓著肚子活久點好……范哲睿敢說這是此刻在場眾人心聲。

但不包括陳毅。

「您今天煮什麼？」視陳東揚為神祇的陳毅捧場問。

「火鍋！」陳東揚笑說，搭上陳毅肩膀將人往裡頭帶，「阿睿，你也來。」

「是……」范哲睿回應的聲音多了抹嘆息。

他不想吃飽好上路的，但拒絕不了啊。

※　※　※

「范家來消息，希望我趕你離開。」趁陳毅去特訓院子裡兩頭軍犬，陳東揚邊洗菜備料邊說。

「一邊當家庭主婦一邊談道上的事好嗎？」

「你還不算道上人，連半個都稱不上。」陳東揚提醒。「我也沒打算讓你曝光，不然不會把你派到阿毅身邊，本來是要你盯著他，免得他躁進，沒想到——」厲眸斜睨，森冷的煞氣與一秒前的和善判若兩人。「范哲睿，光憑這件事我就可以把你掃地出門。」

范哲睿頓覺哭笑不得，無奈地嘆了口氣：

「不允許我搶范家未來接班人的風采，又不准我自甘墮落，陳爺，你說我該怎麼辦？」

「我的義雲盟不是你自甘墮落的地方。」臭小子，有比他還積極向上的黑社會嗎！竟然用「墮落」來形容他。「乖乖認命回范家，照他們的安排進家族企業當個安分的范家人，其他人都能那樣過，你一定也可以。」

陳東揚衷心建議，堂堂義雲盟老大兼差做起人生導師，可惜黑道的背景註定無法婉轉，一字一句，直白刺耳得讓人吐血：

「阿睿，你要狠狠不過黑道，論孝也做不到盲目愚孝，卡在中間不上不下，又沒有非做不可的事，為什麼不能安安分分做范家的傀儡？」

范哲睿收起笑臉。「我是還不知道我要幹麼，但這不表示我就活該被安排人生，不是每個姓范的都想活在范家的大傘下仰他們鼻息。」

陳東揚嘖了聲，甩去雙手水漬，拿出打火機和菸，點了根，吞雲吐霧起來。

范哲睿也乖覺，接手料理的動作。

「等你找到自己想做的事再來跟我嗆。」義雲盟老大如是道。

范哲睿沉默，此時此刻的他也只能選擇沉默。

習慣放棄得太久，他早忘了什麼叫執著。

※　※　※

范哲睿看著道弘高中的校門，不知道自己為什麼站在這裡。

就算他剛才被陳東揚嗆得開始懷疑人生，思考重新投胎的可能性，也不至於跑來這裡找安慰吧。

讓十七歲毛都沒長齊的小朋友安慰？

真的是被打擊過頭，失心瘋了。

不愧是黑道老大，不出手則已，一出手就是大絕，害他滿滿血槽只剩一。

范哲睿低頭看錶——四點四十五，再過十分鐘才放學，還來得及離開，不會被發現。

這麼想的他轉身撞上一堵肉牆。

「對不起。」范哲睿退了一步要繞道，被肉牆抓住。

「你怎麼來了？」

略帶低沉的嗓音從頭頂落下，熟悉也陌生，范哲睿不得不抬頭確認。

「白宗易？」真的是他？

這聲音……「你還沒變聲？」

才多久沒見，聲線從中音部降到低音部，股票也沒跌得這麼快！

「是變聲還沒結束。」白宗易發自喉間的笑帶著介乎成熟與未成熟之間的沙啞低磁。「你沒忘記男生變聲期一般來說到十八歲才算完成吧？健康教育有教。」

依稀彷彿好像是，但他的聲音也變得太多，差點就認不出來，還有身高——

「你又長高了？」

白宗易咧嘴一笑，得意的表情淡化成熟的輪廓，流露少年的天真。「一八四點五。」

五道神雷齊轟范哲睿腦門。

敢情老天爺是嫌今天給他的打擊不夠，還要讓少年來加碼刺激，讓他血槽歸零就是了。

從俯看到仰望……范哲睿更想重新投胎，振作不能。

這人怎麼長的？這麼短的時間變化這麼大，灌風的嗎？

大概是范哲睿的悲憤太明顯，一看即知，白宗易給了解答。

「我們一個月沒見了。」

一個月……就這樣？豬羊變色？

「你成語用得好爛。」白宗易抗議，拒絕當豬羊。「這個月在忙什麼？」

說要交心做朋友的人忽然消失，打他手機也沒回，幸好還記得回簡訊，不然都不知道去哪找人。

范哲睿終於回神，再怎麼不甘願也必須接受以後只能仰望他的事實。

「工作啊，不然咧。」回答的語氣還是有點哀怨。「才幾點你怎麼跑出來了？」

「反正這學期拿不到全勤，我跟老師約好以後不上第八節課，提早放學去打工。」

「那你指考怎麼辦？只剩一個多月的時間……這麼有自信？」

「我已經申請到學校，不用參加指考。」

范哲睿驚訝極了，直到此刻才真切意識到少年是高三生。

而且……

※　※　※

還是優秀到天怒人怨的高三生！

范哲睿看著白宗易的成績單和錄取通知單。

誰來告訴他臺大醫學系公費生是什麼概念？

他看向在廚房忙碌的少年。「白宗易，偽造成績單是犯法的。」

終於明白這人為什麼可以有恃無恐地賣筆記，而買他筆記的學生又那麼多，他要多粗心，到現在才發現他並非常人的優越。

頓時覺得自己之前都是窮緊張，這人根本不需要別人擔心或祝福，甚至是幫忙。

「是實力。」白宗易拿著一盒草莓蛋糕走來，透明的玻璃容器展示蛋糕基底、搭配雪白鮮奶油、卡士達醬與鮮紅草莓交疊、層次豐厚，最上面的這層排滿沾著糖漿、閃閃發亮的草莓，讓人食指大動。

「好孩子，隨時準備草莓蛋糕等我啊。」范哲睿接過湯匙，準備開動。

「我不是小孩子。」白宗易皺眉抗議，一邊打開蓋子，滿滿的草莓酸甜香氣混合卡士達醬的奶香調和出讓人垂涎三尺的美味。

「開動！」范哲睿興奮喊完，不待白宗易反應，逕自開吃。

「好吃嗎？」

「還不錯！酸甜適中，草莓的酸味提升了甜味的層次。」嗜吃草莓蛋糕成行家的范哲睿中肯評斷。「就是卡士達醬有點可惜，油味較重，還好有草莓的酸味 cover，整體來說還算不錯，七十分。」

「好，我下次改進。」

「下次改進？」范哲睿頓了下，意會過來，震驚。「你做的!?」

「我最近在蛋糕店打工。」白宗易端來紅茶，催促他多吃點。「跟老闆學的。」

翻白眼。「你還可以再天怒人怨一點嗎？」

「什麼？」

「四肢發達、頭腦不簡單，長得好、脾氣也不錯，現在還能做一手好甜點——你要不要把一些優點讓給別人？」

白宗易開心笑了。「原來我在你眼裡這麼好。」

「好過頭了，找不到缺點可以吐槽，我會很無聊的好嗎？」

「我做菜不行。」

他試著學做菜，發現自己真沒天賦，不是燒焦就是把鹽當糖、把味醂當醋，搞錯調味料或弄錯放的時間。蛋糕就不一樣了，從簡單的臺式蛋塔到現在的草莓蛋糕，一做一個準，他也很無奈。

范哲睿聽完，大笑。「我跟你剛好相反，我永遠搞不定糖跟香草精、無鹽奶油、有鹽奶油這些東西……我做的蛋糕永遠像土石流一樣癱在那裡。」

「那我們就是互補了。」白宗易托腮看他大快朵頤的模樣，終於明白為什麼有人會說做東西給喜歡的人吃是種幸福。

喜歡的人？

是的，生病的那天早上，莫名其妙被刺激甦醒的慾望一度讓白宗易非常苦惱。他不知道自己怎麼了，更因為心跳加速的異常反應，沒能好好品嘗范哲睿為他做的第一份早餐，光是掩飾尷尬的生理反應就夠他忙的了。

因此還刻意沒有聯絡范哲睿，好讓自己冷靜下來找答案。

第一個禮拜，白宗易專心消化自己的情緒，范哲睿也沒來找他，這讓他鬆了口氣。

到了第二個禮拜，白宗易開始擔心了，主動撥他手機卻都進語音信箱，留言也不回，才發現如果范哲睿沒有主動聯繫，自己根本找不到人。

不知道他住哪裡、做什麼的，不知道他還有哪些家人、認識什麼朋友。

意識到自己對范哲睿一無所知，白宗易慌了，一度懷疑世上是不是真的有范哲睿這個人存在。

幸好，第二個禮拜才進入第三天，范哲睿就回他簡訊，說他工作很忙，接下來會有一段時間分不開身去找他玩，要他好好照顧自己，打工小心。

范哲睿的簡訊穩住他擔憂的心，更在這段時間的憂心忡忡裡發現自己的感情——

他喜歡他！喜歡這個眼睛帶笑、戲謔逗他、作弄他、威脅他的男人！

自虐嗎？他不知道，可這個最初威脅他就範的男人在他最需要的時候出現，在他百口莫辯的時候，用絕對的信任站在他身邊幫助他，還有徹夜的照顧與陪伴……

上一回被照顧是十歲以前的事，從母親丟下他和妹妹以及父親之後，他不再撒嬌、不再依賴、不再軟弱，就算到現在仍然無法克服母親離開前留下的心理陰影，白宗易都選擇隱瞞家人，自己面對，因為——

沒有人能替他堅強。

他沒有機會示弱，卻得到范哲睿意外的安慰。

你長大了，足夠堅強、足夠勇敢，任何人都不能欺負你，也沒有人敢再欺負你……

范哲睿這句話如今是他獨自面對閃電打雷時的憑藉，透過反覆背誦轉移注意力，也不斷重複那晚他給自己的擁抱以及隔天早上的意外親暱。

咳，白宗易承認，他想念范哲睿的吻還有……咳咳，不好說。

白宗易沒有太多掙扎，只要回想起那天早上的事，身體就會起反應，騙不了人。

一念一天堂，心態的改變足以翻轉一整個世界。

白宗易先前想快點長大、比他好、比他厲害……這些基於競爭崇拜的小心思瞬間質變轉化——

想跟上他腳步，站在他身邊，與他並駕齊驅，在最關鍵的時刻不再只是單方面接受他的保護，而是一起面對。

他想……成為配得上他的男人。

「……真的不錯吃，你還學了什麼？列個清單來。」貪吃鬼附身的男人感受不到男孩的千思百慮，磨刀霍霍準備點菜。

范哲睿詢問聲拉他回神，蛋糕只剩三分之一，男人嘴角沾了貪食的證據，雪白的鮮奶油在俊秀的臉上添加可愛的俏皮。

不該用可愛形容男人，但此刻的白宗易只想得到這兩個字，也不小心說出口，讓對面的男人皺了眉。

「男人不會因為喜歡吃蛋糕變成少女，不要亂用可愛說我。」這就是他很少在人前吃草莓蛋糕的原因，以前某個不長眼的青梅竹馬就這麼笑過他，還叫他范少女。

「真的很可愛啊，都帶便當了。」白宗易說，伸長手，指尖抹淨范哲睿嘴角的奶油，送進自己嘴裡……好甜。「這麼甜，虧你受得了。」

范哲睿瞪大眼，驚愕看著少年舔拭手指的動作，喉間莫名一緊，像被什麼卡住，抓來馬克杯猛灌紅茶。

是他大人思想齷齪，小孩子不懂事，不知道自己在幹麼。

白宗易確實不知道自己的動作在成人世界裡是煽情的曖昧暗示，但不妨礙他坦率說出自己醞釀多時的真心話：

「范哲睿，我喜歡你。」

噗！飛瀑般的紅茶是范哲睿第一時間的回答。

這是……開心的意思嗎？

被噴得滿頭滿臉的少年很困惑。

第五章

陳毅長腿邁進北堂大廳，一邊交代身後的左輔右弼：

「照范哲睿提供的資料，多派幾個人盯住張騰，看他跟龍幫哪些人還有聯繫。」

「是。」兩名年長的心腹點頭，神情嚴肅且恭敬，沒有因為領頭者的年紀比自己小就倚老賣老。

上一個倚老賣老的傢伙墳前已經長滿草。陳毅的狠戾與俊美外表成正比，他們從心服口服到親身體驗北堂在此役之後的壯大，如今心悅誠服。

「盯住那些人，查出身分之後交給范哲睿。」

「是。」兩人應聲，在陳毅揮手示意下離開。

思考北堂下一步的陳毅快步經過大廳前往後院專屬於他的私人住所，才轉個彎，腳尖踢到不明物體，阻斷他腳步。

什麼東西？

細長深邃的丹鳳眼眸低垂視線，看見盤腿坐在地上、一臉苦惱的范哲睿。

「你坐在這幹麼？」

苦思出神的范哲睿沒有回應，倒是艾迪不知從哪冒出來，掛上陳毅的背。「回來啦！」

「他怎麼回事？」

「不知道，你不在的這幾天都是這樣，到處打坐，怪里怪氣的，大概是想……修仙？」

「少貧嘴。」陳毅蹲身，強勢捏住范哲睿下顎托高，打量他表情一會兒後開口：「你來的第一天我就說過，你不一樣，想離開就跟我說。」

范哲睿回神，看著眼前兩個同樣十七歲的年輕人。

是他過得太頹廢？還是這些年輕人異於常人？

同樣都是十七歲，一邊投身殺戮，刀光劍影；一邊立志習醫，懸壺濟世……不管哪邊，他們都已經做出人生的選擇，毅然前行。

而他，還停留在原地，叛逆投身黑道還顧慮母親感受，不能讓范家受辱，小心翼翼不立威顯名，低調隱晦得幾乎不存在。

就像陳東揚說，不上不下。

「為什麼你們總說我不一樣？」

陳毅收手，黑幽的雙瞳彷彿吸納所有陰暗的醜惡，深不見底。

「你沒有赴死的決心，還有可以回去的地方。」有後路的人不適合在黑道生存。

一句話驚住范哲睿，連陳毅何時放手離開都沒發現。

回過神來，羞惱。「說我軟弱怕死就對了。」

「是說你幸福好嗎？」艾迪還留在原地，懷裡抱著一包洋芋片，坐著看戲。

「哪來的零食。」范哲睿伸手拿，兩人就在原地嗑起零食。

艾迪沒回答這個隨口說說的問題，平日炸炮的他顯露早熟的聰慧。「陳毅忍你很久了，你最好快點做決定。」

「說得好像我一點用都沒有。」

「有用，就是不好用。」想用他做什麼就意味消息會傳到陳爺那邊，怎麼會好用。

范哲睿嘖聲，老人家不開心。

「真的嘛，撇開你會跟陳爺告密的事不說，我們打仗都是向前看、往前衝，就你三步一回頭，還想當守法老百姓，像你這樣的半吊子，唬唬一般人還行，要跟道上的人拚……沒有陳毅跟我護著，兩個字——穩死。」

「……你是嫌我的打擊還不夠嗎？」

「難得可以吐槽老人家要把握。但你的情報網還是很強，我搞不來。」

「只是資訊收集運用……」沒胃口了。范哲睿放下洋芋片。「你們並不想我待在義雲盟對吧。」不是疑問而是肯定。

平日靠髒話打造男子氣概的美少年揚笑，意外地世故且滄桑：「能幸福活著就不要輕易找死了，兄弟。」

「……」范哲睿垂眸沉思。

就在這時，雷聲響起，伴隨滂沱大雨。

「靠，又下雨了，該不會颱風登陸了吧？」艾迪嘀咕。「所以我才討厭夏天，熱就算了還颱風多。」才剛說完，又閃電雷鳴。

雷……范哲睿想起某個怕打雷的少年。

范哲睿，我喜歡你。

少年坦率的告白在腦中迴響，牽引出之後一連串慌張卻直白得讓人無法忽視的承諾：

……以後你為我煮飯，我為你做蛋糕……我會努力對你好，相信我！

那麼平凡無趣的生活，虧他說得出口，也不怕被他笑。

……我是真的喜歡你，請你陪在我身邊，我會趕快長大，做名醫賺錢養家，好好照顧你……

還名醫哩……范哲睿哭笑不得，他是為了救人還是為了賺錢才當醫生啊？

才十七歲的小鬼竟然在擘劃他跟他——兩個男人的未來？哪來的膽子！

范哲睿心裡數落白宗易魯莽天真的言行，人卻已經站起來往大門走。

「你去哪啊！颱風真的登陸了耶！」看著手機上最新氣象報導，艾迪喊著。

范哲睿恍若未聞，加快腳步，心裡只有那夜因為雷聲顫抖仍拚命堅強的少年。

※　※　※

轟隆轟隆……

白宗易握拳忍住顫抖，一字一句努力用鎮定的語調安撫電話那頭的人。

「妹，妳跟爸小心……」

『不要擔心啦，臺中這邊一點雨都沒有。』白婧妤樂天無憂的聲音在風雨中有種狀況外的喜感。『哥你那才恐怖吧，我都聽到風的聲音了，咻咻咻的。』

白宗易看向破了洞的窗戶。「我能應付，就算還沒下雨也要注意氣象報導……」

『會啦，我會盯著電視看明天有沒有放假。』

白宗易失笑。「爸感冒還沒好，幫我跟他說不要因為颱風期間的夜班有津貼就去。」

『爸！哥說颱風天你不准去工作！不然打你屁股！』

『知道了……』那頭傳來白父帶著無奈的模糊妥協聲。

白宗易莞爾。妹還是一樣，活寶一個。「行了，先這樣。」

『哥要小心哦。有事call我，沒事也要call！』戀兄的妹妹交代。

「知道了。我會小心，晚安。」

白宗易結束通話，放下手機，拿起木板、釘子和鐵槌往外走，冒著風雨補窗。

來不及防患未然至少還能亡羊補牢。

早知道今天就不打工先回來做防颱準備……白宗易咬牙忍住對雷電的恐懼，一個深呼吸繼續釘木封窗。

「范哲睿那沒事吧？」白宗易邊釘木板邊擔心，想起范哲睿去他學校時的打扮，自嘲一笑：「他又不是住這種地方的人。」

別想太多，他不會有事。白宗易告訴自己，無視兩人的差異，那只是現階段，等他大學畢業、成為獨當一面的醫生，一切都會不一樣。

只是……從告白那天之後他就沒再來找他，連手機都不接。

嚇到他了嗎？因為他是男的？如果他介意，那天為什麼要那樣對他，還喊艾迪……那是男生的英文名字吧？

白宗易胃裡泛酸。那個艾迪到底是誰？難道是范哲睿正在交往的對象？

如果是……他的告白就真的衝動了……難怪他不接他手機也不回簡訊。

「你這個笨蛋，為什麼不穿雨衣！」

釘木板的動作一頓。他剛是不是聽見范哲睿的聲音？

白宗易甩頭，繼續動作，釘完一片，另一片遞來。

他愣住，視線沿著木板看去，驚訝睜大眼。「范、范哲睿？」

他來找他，沒有陪那個艾迪，來找他？明明在他表白之後刻意躲著自己的男人竟然……來找他？

白宗易不敢相信地盯著眼前的男人，懷疑是自己的幻覺。

這孩子怎麼傻了。范哲睿用肘輕輕頂他一下。「回神啊，快點弄完進屋裡。」就算是夏天，晚上的雨打下來，風一吹也是會著涼的，這笨蛋。

皮膚的接觸帶來溫度，不是幻覺！他真的來找他！

白宗易回神，連忙收心，壓抑狂喜的情緒，專心釘第二片木板。

咚咚咚的聲音帶著雀躍，沒注意幫忙扶木板的人正在凝視自己。

不得不說，木工是健身以外展現男子氣概的方法。

藉由屋裡透出的光，范哲睿看見白宗易動作時微微隆起的肌肉線條。溼漉的高中夏季制服緊貼在少年身上，身體曲線無所遁形。

不該在這時候分神想這個，但就是……移不開目光也無法不想。

在他以為少年還只是孩子的時候，他已經是獨當一面的男人。

而這人還說喜歡他……范哲睿看著介於少年與男人之間的白宗易，心情複雜。

怕范哲睿淋太久雨會生病，白宗易忙道：「你先進去，我馬上就好。」

「我等你。」

白宗易揚笑，加快釘木板的速度，三片木板封好窗，再補強一下，收工。

「好了，我們進去──小心！」白宗易忽然大喊，丟開鐵槌拉范哲睿入懷，以身

奇蹟

為盾保護懷中人，閃避飛來的廣告看板。

破裂的看板撞上女兒牆又裂成兩半，一半被風吹跑。

夏颱壓境，風雨越演越烈。

※　※　※

大門關上，隔開外頭的狂風暴雨。

「你趕快去洗澡。」

一進屋，白宗易立刻催促范哲睿進浴室。

「你先……你受傷了！」范哲睿抓住正要幫他拿換洗衣物的白宗易。

白宗易這才覺得右上臂刺痛，側頭看。「可能是剛才被看板刮傷了吧，你快去洗——」

擔心審視白宗易手臂的傷，還好，傷口不深。「急救箱放哪？」

「我沒事——」

范哲睿冷著臉看他。「你要我現在出去買嗎？」

「……在衣櫃內。」

范哲睿依言找到急救箱打開，幸好，傷藥齊全還有繃帶，轉身要找白宗易，他卻帶著暖意浴巾罩住他，將他包起來，邊擦邊說。

「先擦乾，不然會著涼。」白宗易擔心道出幾分鐘前范哲睿擔心他的事。

兩人在對方的事情上意外有默契。

「受傷的人不要亂動。」范哲睿火大了，死孩子說不聽。強勢拉人坐在地板上。

「聽話！」

「我是——」

「閉嘴！」范哲睿抓來他手臂看傷勢，仔細看有無碎屑殘留，仔細消毒、上藥，小心翼翼蓋上敷料，動作熟練流暢直逼專業級。

在義雲盟，包紮傷口是基本技能，為了活命。范哲睿自然受過訓練。

就在范哲睿開始纏繃帶時，不遠處傳來模糊的爆炸聲響，屋裡電燈閃了幾下，宣告不治熄滅，小套房瞬間陷入黑暗。

『停電啦……電箱爆炸喔……』

風雨聲中透出左鄰右舍模糊交談聲。

「廚房有蠟燭……」

奇蹟

「不要動，傷口還沒包紮好。」

「沒有燈……」

白宗易話還沒說完，銀白的光芒乍起，照亮兩人。

「拿著。」范哲睿將設定好手電筒功能的手機交給白宗易，繼續包紮的動作。就著微弱的燈光，白銀的光芒投射在范哲睿臉上，神情專注且嚴肅得彷彿在做什麼神聖重要的大事。

白宗易打量范哲睿為了上藥湊近自己的臉，看得發愣。「你睫毛好長。」什麼時候了還有心情調戲他，臭小孩。范哲睿覺得好氣又好笑。「閉嘴啦……」打結、剪去多餘的繃帶，范哲睿完成動作的同時，手機因為沒電熄滅，又是一室漆黑。

絕對的黑暗封印了視覺，銳化其他感官，為了上藥，兩人離得很近，近到皮膚能敏感地覺知到對方傳來的熱度，在暗湧的情愫加乘下，變得熾熱灼人。

兩人的呼吸，在彼此聽得見對方呼息聲中逐漸急促起來，牽動心跳加快。他們無法忽視對方帶來的影響，無法言喻的吸引力讓兩人覺得口乾舌燥。

范哲睿身上的香水混著雨水的味道搔動白宗易的感官，身體本能更接近，想將這味道的主人占為己有。

他冒著風雨來找他，是不是因為他也喜歡他？白宗易忍不住這麼想。這推想雖然尚未被證實，但已讓他欣喜莫名。

與欣喜同時躍動的是對他的渴望。

「范、范哲睿，我……」少年的嗓音低沉，極帶磁性，待變聲期過去，恐怕是會讓人耳朵懷孕的魔性磁嗓。

范哲睿渾身一震，五歲的差距讓他保留最後一絲理智，往後退起身。「我去拿蠟燭。」

白宗易沒讓他躲避也不想他躲，在黑暗中扣住他的手，范哲睿重心不穩跌坐回原地被他緊抱入懷。

「我喜歡你。」白宗易聲音低啞地重申自己的感情。

喜歡就是這樣的感覺嗎？每說一次就讓他更確定自己的感情。

發自內心的表白觸動被告白的男人的心，動搖他最後的理智。

男人是慾望的動物，要保留這一絲理智多難他知不知道。

白宗易肯定不知，因為他又說了一次喜歡，還加碼：

「就算你已經有喜歡的人，我還是喜歡你。」

喜歡的人？「誰？」

「艾迪。」

瞪大眼。「艾迪？關他什麼事？」

「上次……你弄我的那天早上，你說了這個名字，還要他給你十分鐘……」

誤會大了！少年腦補的功力太驚悚。

「他只是朋友，負責叫我起床——」

未說完的解釋被撲上來的少年以唇封緘，吞進兩人相濡以沫的唇舌之間。

只是朋友！誤會釐清瞬間的狂喜讓少年衝動了。

然而少年沒有太多經驗，唯一的經驗就來自范哲睿。可理解是一回事，親力施為的成果就是不斷啃咬范哲睿的嘴、輾轉碾壓他的唇，生澀的技巧逗笑被壓在下面的男人。

「你當我是玉米在啃啊……」范哲睿笑看身上的少年。「還沒吃飯？」

「不要笑！」少年惱羞成怒。「我只是緊張……」

第一次將喜歡的人摟進懷裡，無措是正常的！

「是、是，你只是緊張，不然可以表現得很好。」純屬大人的敷衍。

「范哲睿！」少年咬牙。

「我來吧。」

三個字愣住了少年，也讓男人有機可乘。

范哲睿揪住白宗易衣領拉向自己，挺身吻住少年青澀略軟的薄唇。

※　※　※

無法忽視白宗易的感情，也沒有辦法無視自己被吸引的悸動在乎，這個少年先是在不知不覺中變成自己的憧憬，而後那些為了他做的事……更撼動他的心。

無法再……視而不見。

嘖嘖的親吻聲鼓譟兩人的耳膜，激情地共鳴取代窗外的風雨……

適應了黑暗的兩人看見彼此因激情微顫的唇。白宗易伸手按在身下男人的心口，磁啞的聲音在他耳畔輕喃：

「你心跳得好快，跟我一樣。」他抓住他的手按在胸前感受他的。

白宗易此刻的聲音太迷人，勾得范哲睿胯間腫脹難受，伸手解開褲頭給自己騰出空間。

皮帶扣金屬碰撞聲吸引白宗易的注意，他伸手下探，與范哲睿的糾纏，碰觸到范哲睿硬挺的慾望，很開心。

他不排斥他，是喜歡他的，跟他一樣。

白宗易探手輕輕覆上、接著慢慢磨蹭，小心翼翼，怕自己拿捏不好力道弄傷他。他在折磨他……范哲睿呻吟。「用力一點……」迅速解開白宗易褲頭，大手鑽進內褲直接展開掌心與陰莖的肉搏戰。「像這樣……」

范哲睿掌握節奏套弄白宗易，上次睡意朦朧沒太多印象，這次更明顯摸索出白宗易的形狀，不容小覷的尺寸，硬挺的陰莖頂端呈現微彎的曲度，稜角分明的蕈頭受不了刺激滲出少許微稠的液體。

白宗易悶喘出聲，咬唇收腹忍住強烈的刺激，模仿范哲睿的動作，力道有所保留不敢大鳴大放。

現在的他什麼也給不了，至少好好地、用心地珍惜願意接受自己感情的男人。白宗易想著，抬頭親吻身下人的頸側，沿著下顎優美的線條找到他的脣。

「白宗易……」范哲睿開口嘆息，正好迎接少年探來的舌。

白宗易模仿著他剛對自己做的，舌尖愛撫軟嫩火熱的口腔，舔拭敏感的牙齦，更無師自通地深入輕撫敏感的舌咽。

他喜歡這樣，感覺像是在把懷中的人吃進肚子裡，完全屬於他。

「唔……」突來的刺激繃緊范哲睿背脊，挺身貼上白宗易的胸口。

少年驚人的學習能力震懾經驗頗多的男人。

很快的，兩人身上的衣物盡褪，赤裸地感受彼此被慾望加溫的火熱身體，白宗易結束吞食般的深吻，移師到熱得發燙的耳朵，輕咬磨蹭。

「我想要你……」呢喃的同時，白宗易本能地動了動腰，頂撞范哲睿。「范哲睿，我想要……你是我的……」

范哲睿睜大眼，腦海中忽然閃過艾迪曾經說笑的荒唐話。

兩攻相遇必有一受……

「白宗易，冷靜……」范哲睿收回撩撥的手，雙手按上少年結實的胸膛。「我們有一個根本性嗯……的問題要解決唔……」

被啟發的少年俯身吻去范哲睿的聲音，一手熱切愛撫身下與自己相比偏瘦纖細的身體，最後來到變硬的乳尖揉捏，套弄性器的手移到腰後鑽進范哲睿臀縫，屈膝頂開范哲睿修長的雙腿，將自己嵌進他雙腿之間，在臀縫摩蹭的手指趁機探進范哲睿體內。

范哲睿驚呼出聲，從未被開發的部位腸肉緊實且敏感，在腦中模擬出體內異物的形狀。

「誰跟你說……啊！」身下傳來更強烈的異物感，接納白宗易第二根手指。

「我有 Google。」網路世界，無遠弗屆。

估……鑽進身體的第三根手指讓范哲睿開口的抗議化成驚呼。

白宗易努力討好著接下來要容納自己的地方，也清楚必須這樣才不會讓他難受但……

「還是好緊……」Google 只能科普，沒辦法做到經驗傳承，童子雞困惑了。

「Google 說平均三根就夠了的……」少年好委屈。

靠，他的尺寸能用平均值嗎！范哲睿好想死。

「范哲睿……」白宗易用全身磨蹭身下的男人，不恥下問。「接下來怎麼做？」

接下來……讓他先掐死他再自盡好了……

范哲睿雙手捧住白宗易的臉，咬牙：「後面我是第一次，不要問我！」

第一次！第一次！第一次！第一次！第一次……

三個字在少年腦內形成回音漩渦，雙眼因激動泛紅。

可惜黑暗中范哲睿看不見，拍拍他緊抓著他臀部的手。

「先出來，我們等下……啊！」

白宗易的手指先出來了，但更具殺傷力的某物無預警衝進去了。

因為不完整的前置動作，還有一半露在外頭等待最後號角響起，攻城掠地。

范哲睿雙眼倏然睜圓，大軍壓境奪走他的呼吸，雙腿屈起努力開放自己好減輕體內過度擴張的疼痛感，但……

徒然無功。「混蛋，突然……」

「對不起……我好像忍不了……」少年沙啞的聲音帶著誘入沉醉的魔性，讓范哲睿因疼痛微軟的陰莖再度勃起。

「不……不是好像……是根本啊！出、出來……」

白宗易的回答是咬住他的唇，沉身一頂到底。

范哲睿張開嘴巴卻叫不出聲，所有的聲音都被白宗易吞噬，帶著歉意的吻開始溫柔了起來，又含又吮范哲睿厚度適中的唇再往下親吻線條優美的鎖骨，雙手愛撫緊繃的身體試圖幫他放鬆。

這傢伙……

范哲睿配合地調整呼吸放鬆自己，這點基本常識還是有的，稍微適應體內的異物，他找回說話的餘裕：

「你不是第一次吧？」嚴重懷疑自己被少年扮豬吃老虎。

忍得額頭冒汗的白宗易卻開始抽送起來，范哲睿體內的緊致讓他瘋狂。

青澀反應在具體的行為上，全心全意深入敵境，微翹的頭部磨蹭范哲睿體內深處的敏感，激起第一波顫慄的呻吟。

這種感覺……范哲睿來不及回味前列腺被碾壓時帶來的快感，白宗易實幹路線的衝撞帶來第二波情潮。

「啊……慢、慢一點……太深……宗易、宗易……」范哲睿求饒，卻感覺到體內的某物更硬更熱了。「不會吧嘶……啊！哈啊……」

范哲睿左手勾抱白宗易脖子，沒有太多動作，怕碰到他右臂傷口，右手抵在他胸口。

「白宗易……啊……拜託……我受不了……」范哲睿被逼得眼角溢淚，啞聲求饒。

求饒聲讓白宗易更加激動，范哲睿體內因刺激分泌的腸液潤滑了被強行叩關的後穴，讓白宗易放肆加快抽送的速率，加深撞擊的力度，髖骨頻頻衝撞緊實的臀肉，啪啪作響。

就在這時，燈忽然亮起，電來了。

沒有防備的范哲睿被突來的光明眩花眼，不忘摀住白宗易眼睛。

不只是為保護他眼睛，也是為了避免尷尬。

黑暗中可以靠想像力催化激情，但親眼目睹……要是白宗易在他獻出處女地的這時候軟掉，他會抓著他一起跳樓去。

「范哲睿？」少年停止動作，聲音沙啞微喘。

「不要看，你會怕。」

白宗易不懂他的體貼，抓下他的手親吻，跪坐起身拉開距離，情慾逼紅的眼看見自己在黑暗中胡來的傑作……

豔紅、淡紅的吻痕點綴在白玉般的男人身體上，像在雪季綻放的紅梅，也像男人最愛吃的草莓蛋糕。

他不愛甜點，但范哲睿讓他食指大動。

白宗易視線下移，游走到范哲睿下腹時，凝視因自己而硬挺的性器。一會兒，他伸手往下探去，撫摸像是在賞玩藝術品般謹慎，指尖撥弄分泌出些許白濁的鈴口……好可愛。

不知道為什麼，范哲睿的一切此刻都讓他覺得好可愛。

「不要碰……」范哲睿抖了下，想閃避又想被掌握，矛盾且讓人害羞的念頭讓他不自覺扭了扭腰。

「唔……」白宗易悶哼一聲，范哲睿扭腰的動作連動到包裹自己的腸壁，一鬆一緊間帶來又熱又麻的異感。

視線往下移到他接受自己的地方，白宗易呼吸一沉。

變得敏感的腸肉再度感到被撐開的緊繃，范哲睿錯愕。

怎麼又更大了！「你不要又……啊！」

白宗易一手勾起范哲睿的腳，一手扣按在他腰側，身體一沉，強悍挺進，撞碎范哲睿的警告。

「白宗易！」差點被頂飛出去的范哲睿十指扣緊少年雙肩，聲嘶力竭。「給我慢一點……哈啊……」

少年完全不受控，堅持他的直來直往，強硬的態勢讓范哲睿放棄掙扎，退而求其次：

「你快點……快點結束……」讓他好好休息。

少年持續粗魯的猛攻，他能聽情人的話「快點」，但——

不能確定什麼時候結束。

第六章

屋外，無塵的湛藍只有幾縷如煙般的薄雲點綴，風雨過後的天空清朗得不可思議。

屋內，徹夜翻雲覆雨的人累得渾身乏力——

應該說，「被」徹夜翻雲覆雨的人……

「唔……嗯……」

范哲睿趴在床上，任由白宗易用溫熱的毛巾擦拭自己做事後清理。

「還好嗎？」

「不好。」被卡車撞飛又被戰車碾過，怎麼會好，就算過程中也享受到不曾體驗的快感，還是無法忽視慘烈的後遺症。

今天誰都別想叫他下床……好累。

「……對不起。」白宗易真心道，他太沒節制了，釋放後回神，范哲睿已經昏倒在他懷裡。「我不是故意的。」

范哲睿稍稍側身，朝白宗易勾勾手指，後者聽話地爬移到他身邊，有點緊張不安。

好吧，他戰戰兢兢的表情取悅了他，輕捏鼻子以示薄懲。「下不為例。」

白宗易摸摸鼻子，害羞。

「怎麼了？」

「你以前也捏過我鼻子。」

「然後？」要捏回來嗎？他敢！

白宗易俯身在他耳畔小聲道：「我硬了。」

范哲睿錯愕瞪他，張口開罵前被白宗易搶去話頭：

「我好喜歡你。」

「……」范哲睿趴回床上，敗給少年毫不掩飾的情感。

白宗易結束清潔，為他蓋好被子。「你呢？喜歡我嗎？」

被他做成這樣了還問！埋在枕頭裡的男人翻白眼，下一秒，臀部感到涼意。

范哲睿又撐起身往後看，白宗易把被子往上掀到他腰間。「你幹麼？」

「擦藥。」白宗易搖搖手中的藥膏，不好意思一笑。

剛才清理的時候注意到了，接受他一整晚的地方被他磨得有點腫，呈現鮮豔的深紅色，微微發熱。

嗯……他昨天晚上真的過分了。少年再次反省。

「擦藥？擦什麼藥？」

少年回神，認真道：「消炎藥。聽說這樣比較好。」

「誰說？」

「Google。」

「滾……」

※　※　※

高三的夏天，白宗易迎來臺醫大公費生入學資格與他的愛情。

愛情學業兩得意，白宗易春風滿面的模樣讓還在準備七月指考的同學們又嫉妒又羨慕。

白天不懂夜的黑，準大學生也不懂指考生的悲。

「好好……還有時間畫蛋糕。」方子安看著白宗易手下的蛋糕，不只素描還上色，造型很簡單但看起來好好吃……「你要做給誰的嗎？」

「嗯。」白宗易揚笑。

「……女朋友？」

白宗易笑容更燦爛，答案不言自明。

「你太過分了！不用指考還有女朋友，人生太不公平了。」方子安哭喪著臉看手中的英文課本，怎麼看都看不進腦袋裡。「說說看，你怎麼背的？英文單字？有什麼祕訣，快！」

跳 tone 跳很快的方子安注意力又跑到課業，眼睛發光地看著同學。

「你隨便找篇文章給我。」

方子安應聲，拿出手機翻找。「這篇可以嗎？」

白宗易接過，看了不到三十秒還他，開始背誦第一段，沒有漏掉任何一個字。

一目十行的強大記憶力是他成績的憑仗。

方子安傻眼。「同學，你是鬼。」自暴自棄的指考生下巴抵在桌上，他振作不能了……

白宗易笑揉他頭。雖然是同學，方子安給他的感覺就像弟弟。「你想考哪裡？」

「警察大學！」提到夢想，方子安眼睛又發光了。「我要當警察！」

白宗易驚訝了，這麼小一隻的同學夢想竟然是當警察。「考警大有體能測試。」

「我行！我跑得很快！」

呃……不只是跑步吧。但看見方子安興奮的表情，這潑冷水的話他說不出口，

「我幫你抓重點。」

「好！」方子安毫不做作，坦然接受。「我奶奶有超好吃的草莓奶油捲食譜，我明天拿來給你！」

白宗易訝異。「你又知道我會收。」

「你喜歡草莓啊。」傾身嗅了嗅，確認。「每天都是草莓味。」他鼻子很靈的，不要想騙他。

「……你或許可以當個好警察。」

咧嘴一笑：「我也這麼覺得。」有人罩，還是全校最神的白宗易，方子安鬆了口氣。

「白宗易！」女同學急切的尖呼聲殺入兩人愉快的交談，緊接著就是聲音的主人。

上回找碴，害他找「表哥」來學校的女同學。

方子安跳起來，擋在白宗易面前一臉保護者的態勢。

「王佳美！妳又想幹麼！」

「不關你的事。」未來的人民保母被一掌推開，王佳美興奮地盯著白宗易。「你表哥跟汎亞集團有關對吧！跟范姜睿臣什麼關係？……范哲睿……名字裡也有睿字……是同輩的吧！堂哥？親哥哥？」

汎亞集團？白宗易一頭霧水。「我聽不懂妳在說什麼。」

「不要裝了，我爸去商總參加酒會，遇到范家的人打聽過了。」王佳美拍了下白宗易右臂，好死不死就打在他受傷的上臂。「他們家有族譜，按字論輩的……你行啊，有那麼大的靠山還裝！汎亞集團可是頂尖大財團啊！」

白宗易抿脣忍痛，比起傷口，他更驚訝女同學丟來的訊息炸彈。

不是因為范哲睿家世驚人，自己有強大靠山而是——

如果范哲睿真的和汎亞集團的范家有關，那他真的就像大人說的是咬著金湯匙出世的天之驕子。

以為可以追上的距離又被拉開，還可能是他看不見終點的距離……

奇蹟

戀愛中的少年鬱悶了。

※　※　※

「白宗易，你這死沒良心的！這麼晚才回來。」

打完工一進門，就見范哲睿倚在浴室門邊，頂著溼髮笑看自己。

「嗯……」鬱悶的少年心情不好，回應得有氣無力，書包隨地一放，去廚房倒水喝。

虧他模仿電視劇大媽招呼自己老公的狗血臺詞，這傢伙一點都不捧場是怎樣。

「學校發生什麼事了？」

白宗易喝完水，不說話。

「白宗易……」范哲睿上前要拉他，白宗易忽然縮肘避開。

兩人氣氛瞬間凝結，沉默籠罩。

桃花眼醞釀森冷的怒氣，看著不肯面對自己的少年。

「現在是怎樣？吃到嘴裡就可以始亂終棄了是嗎？」

他可以寵愛年紀小的情人、接受他偶爾任性的一面，但不代表會沒有限度、不分是非曲直接受他做的每件事。

寵愛跟寵溺不同，前者讓人幸福，後者使人墮落。白宗易的年紀還小、雖然早熟但仍有某種程度的天真浮躁，范哲睿不想帶壞他，該管教的時候不會客氣。

已經掰彎他的性向了，再不小心扭曲他個性、帶壞這麼個前途大好的青年，范哲睿會一頭撞死。

「看來真的是要始亂終棄了，行啊。」范哲睿丟下拭髮的毛巾，整理衣容，彎身拿起皮帶繫上，往大門走。

范哲睿邊開門邊說：

「後會無期——」

砰！開啟的大門被衝上來的少年按壓回去，原本要離開的人，被圈進身後尚未完全成熟的懷抱。

差點失去心上人的白宗易緊緊抱住范哲睿，口中重複呢喃他的名字。

范哲睿鬆了口氣，剛才刻意放慢動作開門，就是在賭白宗易對自己的在乎，要是他沒來阻止自己真得走，哭死都沒人同情。

雖然被留，該生的氣還是要生。

「放開。」

少年箍得更緊，緊到讓范哲睿覺得悶痛，微顫的手臂透露著在乎與……害怕。

他在怕什麼？

范哲睿輕輕拍撫腰間的手，火氣被白宗易的手臂擠散。「到底發生什麼事？以為中獎的樂透是自己看錯號碼誤會了？」

少年搖頭，在范哲睿要開口再問時，少年扳他面對自己，一步上前將他壓在門板與自己之間，低頭吻住要說話安慰自己的唇。

如果真的中樂透就好了，最好是中頭獎變成億萬富翁，這樣至少在金錢上他可以跟他平起平坐。

真是……范哲睿啟唇方便白宗易吻得更深，少年青澀的吻經過一段時間的殷勤練習突飛猛進，那種要把人吞食入腹的攻勢很快讓范哲睿雙腳發軟，整個人靠在他身上。

白宗易的脣移到肩頸，又舔又吸范哲睿剛洗完澡還透著溼氣的肌膚，白宗易不懂啊，同一塊香皂的味道為什麼在他身上就特別香、特別好吃……一手鑽進衣襬撫摸，一碰到腰側的肌膚，就像異性相吸的磁鐵離不開。

「冷靜了？」

愛撫的手停在范哲睿胸尖上。

「……」腦袋冷靜了，身體不冷靜怎麼辦？

「最後一次問你，白天發生什麼事？」

白宗易聽出范哲睿的警告，最後一次真的是最後一次，囁嚅了一會，老實開口：

「你跟汎亞集團的范家有關嗎？」

范哲睿訝異從少年的口中聽見這個問題。

「你想我有關嗎？」

「不想，最好沒關係。」這樣他會覺得自己沒那麼差。

范哲睿笑了，親吻白宗易額角：

「可惜了，有關吶，怎麼辦？」

白宗易咬脣，很委屈。

這人可不可以平凡一點，不要那麼高不可攀？

奇蹟

※　※　※

范哲睿跟范家的關係，說穿了，是小三在正宮過世之後，在當家主的同意下，帶著私生子進入豪門得到名分的傳統八點檔老梗。

不同的是，當家主上頭有太上皇和一排六朝元老，老人家們不滿意小三和私生子的存在，而當家主身邊還有一個眾望所歸的接班太子。

小三還能被忽略不理，但帶進門的私生子就尷尬了，尤其還是個表現得不錯，甚至聰明才智凌駕於太子之上、還早太子一個月出生的庶長子。

根據後宮生存法則、奪嫡謀權手冊，這樣的庶長子通常都是大魔王設定。堪不堪用？忠不忠心？會不會趁機奪權？這些疑問讓范家人很難決定該把范哲睿放在什麼位置，不知道該重用還是該捧殺養廢。

但范哲睿的母親幫他們做了決定，用親情勒索不准他表現優異、不許他搶走弟弟風采，不許他表露任何才能，就算只是彈鋼琴也不許他比賽，只因為弟弟心血來潮要參加。

他的母親為了幫心愛的男人解決困擾、得到老人們的肯定，決定養廢自己的親生兒子。

「……你說，我們會選擇男人是不是因為不相信女人的感情？」躺在白宗易懷裡的范哲睿好笑地說。

「是因為喜歡的剛好是男人。」白宗易抱緊懷中人，聲音帶著激情過後的沙啞，咬著他耳朵意猶未盡。「你是女的我也喜歡。」

要命的情話……「又是Google來的？」因為白宗易，Google在范哲睿心裡造成陰影。

「我自己想的。」白宗易低頭咬他肩頸。「我喜歡你，因為你是你。」

衝著這句話做一輩子的受也甘願了，范哲睿心想。

決定誰上誰下的關鍵，不是年紀，而是愛……二十二歲的男人有感而發。

白宗易給他的，除了從沒感受過的美妙，還有被認真喜歡、重視的感覺，這少年用他的方式毫無保留地表現對他的感情，讓他覺得自己是他的全世界。

「……太好了。」

范哲睿被這聲慶幸拉回心神。「什麼太好了？」

「他們不要你。」

什麼鬼！范哲睿坐起來，轉身面對他。「我這麼可憐你還說太好？」

「這樣你就是我的。」白宗易握住他的手，又親又咬，開心展笑。「全部都是我的。」

「……」范哲睿傻眼，看著白宗易拿他的手當雞腿啃得很歡樂，熱氣直竄，紅了他的臉和耳朵。

享受餐後甜點的白宗易停口，補充：「也是我想的，不是Google。」

范哲睿抬手摀臉，羞於見人了……為什麼他可以說得這麼直白，給不給人活啊……

靠在床板的白宗易坐起身，摟他入懷。「阿睿……」

低啞的聲音呢喃親暱的小名，范哲睿訝異，這是白宗易第一次沒大沒小地叫他。

「謝謝你告訴我這些，我以為……」

「以為什麼？」

「……你會當我是小孩子，說這是大人的事，小孩子不要管。」

五歲的年紀擺在兩人之間，他未成年也是事實，之所以鬱悶不只因為知道兩人又拉開差距，還有就是范哲睿從來不提自己的事，這點比起兩人的差距更讓他不安。

物質上的距離可以努力追上，心裡的距離他不知道能怎麼辦。

范哲睿失笑。「你又沒問。」

「你是說……只要我問，你就會說？」

「為什麼要瞞？你是我男人，知道又不會怎麼樣。」

他想瞞的只有自己混黑道這件事。

……以後你為我煮飯，我為你做蛋糕……

為了白宗易描繪出的那個「無趣又平凡」的兩人世界，范哲睿決定離開義雲盟，結束隨波逐流、得過且過混日子的生活。

你是我男人……白宗易低頭靠在范哲睿肩上，眼眶微熱。

「怎麼啦？」哇，耳朵好紅！范哲睿驚訝過後，想通少年害羞的原因大笑，捏住他下巴托起他的臉，直視臉紅的少年。「才一句話，你害羞成這樣！」

白宗易看著他打趣自己的得意樣，心好癢。

「怎麼辦？我又想要你……」白宗易說完，傾身親吻范哲睿臉頰一記，凝視著他的微紅雙眼透露渴望。

范哲睿托著白宗易的臉拉向自己，吻住輕吐慾望的唇，以行動回答。

他也想要他。

※　※　※

陳毅熟練泡茶，姿勢優雅從容得彷彿泡了幾十年，紫檀木製的茶具在他手中並不老氣橫秋，反而多了一份清雅的意境。

范哲睿看陳毅泡茶的動作，和陳東揚如出一轍，這模仿能力只能按讚。

陳毅遞上一杯清茶，淡漠開口：

「決定了？」

微苦的甘甜入喉，點頭。「嗯，謝謝你們這段時間的收留。」

「該留的留下，其他的想帶走就帶走。」北堂的堂主很大方。

「那北堂今年的盈利就歸我嘍。」

「換你的情報網，這交易不虧。」錢，再賺就好，系統化的情報網難求。

「別鬧了，你不計較，二爺不可能不計較。」

劍眉打結。「別管他。」

「雖然說頑皮的孩子得人疼，但故意槓上二爺不是好方法。」

陳毅垂眸凝視杯中的茶，吹了吹，欣賞自己引起的漣漪。

這傢伙……不想聽就裝酷，范哲睿開口想再勸最後一回，艾迪哇啦啦的聒譟聲音殺進這方讓人沉靜的茶室。

「阿睿！要走了為什麼不說啊啊啊啊啊！」艾迪一路「啊」到從後面抱住范哲睿。「我會想你的啊啊啊啊啊！」

「那我繼續留下。」

捨不得的擁抱立刻放開，移師到陳毅身邊。「慢走不送。」

范哲睿笑：「現在的年輕人好現實。」

陳毅為他添茶，邊道：「離開就不要回來。」

「嗯嗯，能滾多遠就多遠。」艾迪附和。「最好老死不相往來。」

不知情的人乍聽之下，肯定覺得兩個年輕人非常討厭這個由本堂口派來監視他們的人，只有范哲睿明白，他們是在提醒自己徹底離開就不要回頭。

「嗯，我不會回頭。」待了這些年仍然無法適應打打殺殺的日子。「煮飯和做蛋糕的日子比較適合我。」

艾迪聽迷糊了。「你要開餐廳啊？」他煮的飯很好吃，不錯啊。

范哲睿莞爾，看見艾迪摸著肚子，一看就知道想吃東西。

「我只為我的男人煮飯。」他的手藝只專屬某人。

艾迪送他一記嫉妒得炸毛的中指。

陳毅雙手執杯朝范哲睿一敬。「不送。」

艾迪正坐，拿起自己的，同樣用雙手執杯。

在道上，雙手執杯代表尊敬。

范哲睿同樣雙手執杯回敬。

一杯茶，已是道別。

不說再見，因為從此陌路不必再見。

※　※　※

「我已經開始想他了……」

艾迪看著范哲睿離開後空盪盪的座位。「雖然耳根變清靜了，但……」深深嘆氣。

耳根清靜？陳毅斜眼看一臉相思的美少年。他怎麼不覺得？

「阿毅——」

「行了，找到張騰沒有？」

「還沒……」艾迪才說完，手機傳來訊息。「找到張騰住的地方了！」

艾迪邊說邊打開手機，點開傳來的照片，大驚。「阿毅，你看！」

陳毅接過他手機看，凌亂的桌上，一把刀插在范哲睿的照片上。

「為什麼張騰要針對阿睿？難道他……發現龍幫堂口被挑是阿睿背後策劃的？」

陳毅沉吟了一會，開口：「查出暗鬼是誰，找可信的人暗中保護范哲睿。」

「那張騰——」

「我親自帶人找。」即說即行，陳毅大步踏出茶室。

沒有人可以動他的人，就算已是「曾經」。

※　※　※

「歡迎試吃！」

大賣場內，銷售員妹妹招呼著人來人往的消費者。

正在切奇異果兩塊一碟分配的銷售員妹妹也努力介紹。遠眺肉品區的同事，相較於他們的人滿為患，自己這區真是門可羅雀，戰績為零。

奇蹟

不信客人叫不來！銷售員妹妹大喊：「好吃的奇異果！歡迎試吃！」

「給我一份。」男人清朗的聲音傳來。

銷售員妹妹拿起試吃碟遞上。「謝謝，很好吃……」好帥！

范哲睿接過試吃碟，牙籤叉起一塊吃。「嗯，真的好吃，酸甜適中。」

「對吧對吧！」銷售員妹妹回神，雙眼直勾勾盯著范哲睿，興奮介紹：「這批真的超好吃！我自己都買了一箱回去。而且啊，奇異果含豐富維他命C，保證讓你的皮膚咕溜咕溜，bling bling，閃閃發亮！」

「白宗易，我們也帶一箱走吧。」范哲睿轉身對不遠處在冷藏櫃前的人喊道。

銷售員妹妹順著他目光看去，被喊的人轉身——又是帥哥！

白宗易推著推車走向范哲睿。

「啊！」范哲睿說。

白宗易乖乖張嘴，吃下范哲睿餵食的奇異果。對酸味敏感的他皺眉。「有點酸。」

銷售員妹妹傻眼，這畫面不要太美好！

「還好吧，買一箱回去吧。」

「吃不完怎麼辦？」要他一個人完食不可能。

「做蛋糕或者跟草莓一起打成果汁。」范哲睿捶了白宗易胸膛一記。「放心，不會都推給你的，我跟你一起吃。」

白宗易聞言，拿起一箱放進推車。

「謝謝！」業績終於破蛋！「好吃再來買哦！」銷售員妹妹朝離開的兩人背影喊。

兩帥併肩走，肯定逼A摟！銷售員妹妹誤打誤撞兩人的關係，以不打擾當事人的禮貌方式默默目送、暗暗祝福——

一定要幸福哦！

※　※　※

白宗易、范哲睿提著大包小包一前一後走在狹窄的樓梯間。

范哲睿看著前方的人，思考如何開口約同居。

是的，就是約同居。

雖然小套房空間狹窄，能無時無刻感覺到對方的存在，但就是因為太有感覺，以至於常常不小心擦槍走火，年輕人提槍上膛的時候他根本無路可逃，常常被殺得片甲不留。

當然，這只是范某人甜蜜的小抱怨，最重要的是——

他不要白宗易一邊念書還要一邊想著賺錢養家，就算他再怎麼一目十行，醫學院的課業也不是能隨便應付的。少了房租的開銷，他可以輕鬆點。

偏偏白宗易的自尊心極強，連出門吃飯都要ＡＡ制，萬一造成他的壓力不就適得其反了嗎？這問題困擾范哲睿多日，一直找不到方法解決。

「晚上吃蝦仁炒飯好嗎？我負責剁蝦備料。」走在前頭的白宗易邊開天臺的門邊說。

范哲睿回神，才開口要說話，清脆的女孩聲音搶先他一步：

「你終於回來啦！」

纖瘦的身影熱情飛撲，牢牢抱住——「你是誰？」

范哲睿俯看抱錯人的女孩，和白宗易有一雙相似的圓眼。

看向白宗易。「你妹？」

「和我爸。」白宗易側身，讓身後的范哲睿看見被他擋住的白父。

范哲睿打量白家父子，兩人輪廓相似，不同的是，白宗易較陽剛，白父偏瘦弱了點。

「你好，范先生。」白父溫文點頭。「婧好。」

白婧妤往後跳開，對范哲睿揮手打招呼：

「范哥哥好！」從頭到腳掃描一遍，「你比我哥說的還帥！」

范哲睿乾笑，下意識握緊手中購物袋，竟然有點結巴：

「謝、謝謝。」

奇蹟

第七章

范哲睿沒想過會這麼快就見家長，一時間不知道怎麼應對，索性自告奮勇整理採購回來的東西進廚房避難，把問題丟給白宗易。

誰的便當誰負責吃完！就是這樣！男人超不負責任地想著，推少年出去招待。

白宗易依言，端茶給家人邊問道：

「你們怎麼突然上臺北了？」

「之前臺北颱風那麼嚴重，我擔心你有事又逞強說沒事。」兒子什麼德行他很清楚。

「所以啊，我期末考結束，爸就請假，一起上來找你啦！」白婧妤說完，轉頭看在廚房忙的范哲睿。「哲睿哥，你喜歡什麼樣的女生？」十四歲的少女似乎一見鍾情。

咳！咳咳咳……白宗易被水嗆到，狂咳。

同一時間，范哲睿手中的苦瓜掉到地上，連忙蹲下撿。

「婧好。」白父苦惱。「抱歉，范先生……」

「沒關係。」范哲睿笑說。

白宗易和范哲睿交換了下視線，看向白婧好。

「妳問這幹麼？」

「追啊。」

咳！咳咳咳……換白父嗆到。「妳、那妳上個禮拜說要追的林尚志呢？」

「爸，你去海邊撿過石頭嗎？」

蛤？三個男人一臉問號。

「愛情就像在海邊撿石頭，手裡拿著一顆，眼睛找下一顆，如果找到更好的，就趕快換掉，就像寄居蟹，殼要越換越大，對象也要越找越好。」

「……」三個男人表情各異，白宗易翻白眼，白父一臉擔憂，范哲睿則噗嗤笑出聲。

「抱歉，但……」范哲睿看向白婧好，豎起大拇指。「行啊，婧好。」

「你也這麼覺得？」太好了，知音！

「不要胡鬧。」白父板起臉。抱歉地看向范哲睿。「不好意思……」

「沒關係。」

託白婧妤的福，范哲睿放鬆了許多，端著一盤剛切好的奇異果走來，習慣地挨著白宗易坐下。

白父見狀，皺眉。「你這孩子！怎麼讓朋友幫你切水果！」

「沒關係，白叔叔，我跟宗易沒那些規矩。」

「再好的朋友也要注意禮貌。」白父堅持，瞪著兒子。

白宗易轉身面對范哲睿。「對不起。」

「沒關係。」范哲睿尷尬，仔細打量白父，燙得筆直的西裝褲、同樣筆直的短袖襯衫，即使再熱，也扣到第一顆，嗯……可以想見是個傳統守舊拘禮的長輩，只是敗在女兒手上。

聽人說，男人不管再怎麼強硬，遇到女兒都會變成繞指柔……看來一點也沒錯。

「你們今天就回臺中嗎？」

白父搖頭。「婧妤說跟朋友約好明天逛街，要在臺北住一晚。」

「朋友？」看向小妹。「男的女的？幾歲？怎麼認識的？」范哲睿傻眼，看向白宗易，發現他警戒防備的嚴肅表情，相較之下，白父還比較淡定，細嚼慢嚥著奇異果哩。

齁！又來了……「女的，小學同學啦……」

「念什麼學校？家裡有什麼人？」

「哥，你很吵耶！」白婧妤叉了塊奇異果塞進白宗易嘴巴。「吃水果啦！」

「不行，妳說清楚，白婧妤……」

范哲睿忍笑，欣賞兄妹倆的互動。

這人……是把妹妹當女兒養了吧？

※　※　※

由於白家父女決定留在臺北一夜，白宗易本來要用最愛的 Google 查找旅店，被范哲睿阻止。

多好的理由讓他把白宗易帶回家，怎麼可以放過這機會。

他自告奮勇讓出自己的房子，三房兩廳、簡約風格的裝潢充分顯露他的個性與品味，而寸土寸金的精華地段背後代表的高貴，也讓白家三口強烈感覺到范哲睿的身價不一般。

「哇……這麼近看一〇一……」白婧妤貼著落地窗往上看，還看不到一〇一的頂。「哲睿哥，你過年看煙火都不用跟人擠耶。」

「妳想太多了，這麼近看只會看見一根冒煙的仙女棒。有些東西近看就不美了……想看煙火，年底妳上來，我帶妳去象山上看，那裡才美。」

「好啊好啊！」白婧妤開心，又被膠囊咖啡機吸引。「我可以玩嗎？」

「當然可以，我教妳……」范哲睿走向白婧妤現場教學。

一旁，觀察著范哲睿的白父扯了下白宗易。「你這朋友感覺很有錢。做什麼的？」

「資訊工程。」白宗易環巡范哲睿的家，還是忍不住黯然。

越認識范哲睿，他就越挫折，越覺得自己配不上他。

白父注意到兒子黯然的表情，誤以為他擔心麻煩朋友，開口道：

「這樣太麻煩你朋友了，我看我們還是找個便宜的旅店——」

從客房走出來的范哲睿打斷他話：

「白叔叔，客房我整理好了，給婧妤；您跟宗易晚上睡我房間——」

「那你睡哪？」白宗易問。

「我書房還有一張沙發床……」見白父有話要說，范哲睿搶話：「不要跟我搶哦，白叔叔，我今晚要加班，可能沒時間睡覺。」他輕快說著虛假的加班理由。

白父信以為真，點頭道謝。

白家三人留住一事，算是拍板定案了。

※　※　※

隔天，白宗易、范哲睿陪白家父女坐捷運到車站。

白父咳了幾聲，開口：

「哲睿，」經過昨天一天的努力，范哲睿總算爭取到和白父拉近距離，讓正經八百的老人家叫他名字。「我兒子就麻煩你多多照顧了。」

白父說著，正經八百伸出手。

范哲睿恭敬握住，戒慎恐懼。「應該的。白叔叔您保重身體。」

是個好孩子……白父點頭，又咳了起來。

「妹，回臺中先帶爸去醫院看看。」

「不用，老毛病——」

「收到！」白婧妤打斷老爸的話。「哥說的話要聽。」說完，跳到范哲睿面前，勾抱他手臂往旁邊拉。

「白婧妤——」昨天勸了整整一小時，難道她還打算追范哲睿？白宗易擔心。

「借一下，馬上還你。」白婧妤拉范哲睿到一旁，湊近他耳畔，小聲道：「你跟我哥在交往吧？」

范哲睿一驚。「妳怎麼……」

「我昨天晚上都看見了，你跟我哥昨天晚上在客廳……」白婧妤神祕一笑。

范哲睿倒抽口氣，震驚看她。

白婧妤食指抵唇，模樣俏皮。「我會保密，只要你跟我哥說每個月零用錢多一千。」

「……妳不會覺得……不舒服？」

「不會啊。」白婧妤燦笑，不假思索道。「哥喜歡的一定好！」

有妹控的哥哥就有兄控的妹妹——范哲睿學到了。

「肯定是我哥先纏著你。」白婧妤肯定地說。「他那個人啊，喜歡的就會抓在手裡，不喜歡的理都不理。小時候最喜歡的鉛筆盒壞掉了還收在抽屜裡，哪天你來臺中我拿給你看。」

「好……謝謝。」

「不謝啦，過年給我紅包就好，要厚厚的……也不要太厚，哥知道會打我屁股。」

「分成兩包不太厚的。」

「最愛你了！」白婧妤張開雙手要抱人，被白宗易大掌巴住整張瓜子臉往後拖。

「哥！沒辦法呼吸了……」白婧妤哇哇大叫。

范哲睿失笑跟上，兄妹倆鬧了一陣，最後在白父皺眉一咳下，乖乖道別。

目送兩人進月臺後，白宗易和范哲睿朝車站外走。

「我妹剛跟你說什麼？」

「說她看見我們昨天晚上的姦情。」

「那就好。」

范哲睿錯愕看他。「那就好？」

「她就知道你是我的，不會跟我搶。」

「……」敢情這傢伙昨晚在廚房是故意的？

「她喜歡搶我喜歡的東西，我小學的鉛筆盒到現在都還被扣留在她抽屜裡。」

兄妹倆前後有出入的話，透露了兩件事：

兩人的喜好相近；還有，都是長情的人……想到這裡，范哲睿心中一暖。

「白叔叔把你們兄妹教得很好。」

「我爸很重視教育，他很愛讀書，只是小時候家境不好沒辦法念，後來一邊工作一邊念書弄壞身體，只好放棄，把希望放在我身上。」

「我看得出來，他對你抱著很大的期望，你也沒有讓他失望。」

白宗易垂眸，小心藏起被心上人稱讚的得意。

兩人說話間已走出車站，晴空朗朗伴隨難得的涼風。

范哲睿抬頭看天空，心血來潮湊近白宗易身邊，撞他一下，提出邀約：

「天氣那麼好，一起走走？」

難得一起散步，當然好！

兩人走了一段路，聽見群眾呼喊口號的聲音——

『爭平權……

支持平權婚姻！

同志也有幸福的權利！』

兩人循聲看去，一群年輕人拉布條或手繪看板站在立法院外喊著口號，臉上或手上貼著彩虹，或是戴著彩虹的頭巾、彩虹T恤。

「你支持平權婚姻嗎？」一個短髮女孩來到兩人面前。「歡迎連署支持，真愛無限！」

范哲睿接過傳單，上頭寫著去年有對同性戀人到戶政事務所辦結婚登記被拒絕說不合法，後來提起行政訴訟的故事。

白宗易也看完了，好奇。「你們這活動是為了他們辦的？」

「嗯，今天第四次開庭審理。我們來幫他們打氣、聲援，也是在幫自己！」短髮女孩直率地說，無懼走出困住自己的櫃子。

「有用嗎？」范哲睿好奇。

女孩皺了皺鼻。「聽說如果法院還是不准，他們打算提釋憲呢！」

白宗易訝異，雖然不懂釋憲是什麼。「釋憲就能結婚？」

「不知道，總是個希望嘛！」女孩很樂觀地說。「總比什麼都不做好。」

希望……白宗易有點心癢，想參加。

女孩看出白宗易的想法，朝旁邊喊：「老婆，拿兩支旗子過來！我們有新朋友了！」

奇蹟

「來了！」穿著洋裝的女孩跑來，看見兩人驚呼：「好帥！可惜還差我老公一點！」

洋裝女孩說完，開心親了下短髮女孩臉頰，轉向兩人。「要轉印貼紙嗎？」

白宗易顧忌地看向范哲睿，沒想到他主動伸手接過旗子、拿了兩枚貼紙。

「你……」

「總是個希望啊。」范哲睿幫白宗易轉印彩虹時說著。

「你也希望嗎？」

范哲睿沒漏掉那個「也」字，失笑：

「不希望在這裡幹麼。不要動……」拍壓他臉頰，免得轉貼失敗，彩虹變殘虹就糗了。

白宗易咧嘴笑，近距離看著范哲睿為自己轉印貼紙的模樣，想像將來兩人互相為對方打理儀容的生活，一時情動，在范哲睿傾身幫他撕轉印膜的時候，摟住他腰，轉頭俯吻。

「哇嗚！」叫好聲傳來。

緊接而來的，是一波又一波的掌聲，伴隨興奮的口哨聲、叫好聲，彷彿婚禮上的禮炮，聲聲不絕，每一聲都是歡欣鼓舞的祝福。

這小子……范哲睿反手摟住他脖子，反客為主回以法式深吻。

誰怕誰，要丟臉就一起丟個夠吧！

※　※　※

砰！大門被猛力關上，范哲睿將白宗易按在門上猛吻。

當眾接吻引來歡呼聲讓兩人感覺自己像是剛結束婚禮的新人，亢奮得只想甩開閒雜人等，享受只有他們兩人的世界。

他們也的確如此，加快腳步返回范哲睿的住處，門才關上，便迫不及待擁抱彼此。

白宗易邊回應范哲睿熱情的吻，雙手熟練地解開他襯衫鈕釦。

吻與吻之間，范哲睿喘息邀請：「今晚留下來……」

「好……」

「之後就別走了……」

白宗易熱切的吻乍停，愣愣看他。「什、什麼意思？」

「我們同居吧。」擇期不如撞日，就今天說吧！

少年頓住，一會兒，摟抱的手鬆開，因顧忌，笑得尷尬。「再等一段時間吧，我也要準備入學——」

「我這裡離你學校更近，以後上下學更方便。」

「改天再討論這件事好不好？」

范哲睿上前抱住他。「我想跟你一起住……」啄吻他的脣一記，男人為達目的不惜色誘了。「好嗎？」

既然開口就不會讓他逃！范哲睿豁出去，吵架也要跟這個愛面子的傢伙說清楚。

「……」少年抿脣，就是不回答。

「……我搬去你那。」

「好！」白宗易脫口說完，摀住嘴，表情更尷尬。

就知道……范哲睿斜眼瞄他。「住我這讓你覺得很丟臉嗎？覺得自己靠我吃飯，是軟腳蝦、小白臉……」白宗易摀住他的嘴，堵住最後三個字。

「我們改天再說好不好——」

范哲睿抓下他的手，打斷道：「白宗易，我生活優渥是我自己拚來的，用來照顧我珍惜的人有什麼錯？你說得出來我就不再提這事。」

白宗易咬脣，掙扎了一會，開口：「我知道我配不上你——」

「等等！不要轉移話題，我們在討論同居的事，跟配不配得上有什麼關係。」

「我不想被施捨！」

「我沒有那個意思，我只是——」

「我知道你是幫我但我……我不想自己過太好……」

「什麼意思？」

「剛婧好跟我說客房的床很好睡，不像家裡的硬邦邦……」白宗易低頭，說出心裡的疙瘩讓他覺得很丟臉，像在挖自己的瘡疤。

「所以？」恕他無法理解少年的心情。

白宗易沉了口氣，面露不自在，頓了一會，才開口：「我沒有辦法容許自己在他們省吃儉用的時候過得這麼舒適。」

「你是在建議我買床送婧好？還是在鼓勵我破產？」

「都不是！是、是我自己的問題。或許在你看來是很無聊的罪惡感，但我就是……」少年黯然低頭，想藏住自卑的自己。

「有你在，他們很快就能過好日子。」范哲睿摟緊這時看起來無助、自責的男孩。

「我說這些不是想要你幫忙，而是……我不想內疚。」

「所以就苦自己讓我心疼嗎？」傻孩子。「白宗易，你有沒有想過我二十二了？」

「……」他一直想忘記自己小他五歲的事實。

「如果我二十二歲還過著跟你一樣的生活，連我都看不起我自己，更何況……這是范家的房產之一，我只是借住，總有一天要還的。」

白宗易驚訝看他。

「不要把我想得太好。」范哲睿輕捏他鼻頭。「你小我五歲是事實，不代表我一直把你當小孩子看……雖然開始的時候是。」

范哲睿雙手擠壓白宗易臉頰，看他被自己擠壓得變形的臉，笑。「你十歲就知道要保護妹妹、十七歲或更早之前就計畫好自己的未來，半工半讀，為家人奮鬥到現在……你比很多成年人都要有擔當、有肩膀。」

范哲睿細數白宗易一路走來的努力，清朗的嗓音讓聽的人耳熱。

白宗易不覺得自己有他說得那麼好，他只是想活得更好，讓家人衣食無虞。

「……不要再討拍了，好話說到這裡為止，總而言之，白宗易——」忍不住手癢再捏他鼻子，一笑。「你是頂天立地的男人，不要把自己看小了。

「要你搬過來，是因為我想對你好，照顧你，珍惜你，跟你分享我最好的一切，支持你的夢想……談戀愛的人不都這樣？」

呼咚！白宗易心跳加快，看著為了說服他沒發現自己說了多少情話的戀人。他說「戀愛」的樣子……一個人怎麼可以在帥氣的同時又那麼可愛？

范哲睿沒注意到白宗易出神的表情，勸說到一半開始翻舊帳：

「憑什麼只能是我住你那、不能你住我這？飯還都我煮的記得嗎！如果真覺得欠我，那就專心念書，將來成為名醫賺大錢照顧我，讓我茶來伸手，飯來張口啊！」

少年想像未來的生活，美得像幅畫，下一秒，男人的指責把他拉回現實。

「還是你認為我照顧你會讓你缺少鬥志、擺爛不努力？」越說越火大，有這樣想對愛人好還要像他這樣千拜託萬拜託的嗎！「白宗易，你是這麼把持不住的人嗎？要是這樣，你還是給我滾回你的小套房、去做你的屋塔房世子——」

白宗易吻住忽然變得喋喋不休的男人。

好難得看見他生氣，竟然是為了他……這份認知讓他興奮得無法自已。

「能讓我把持不住的只有你。」白宗易老實道。「對不起……我只顧著追上你，只想著趕快長大，獨當一面，這樣我就能照顧你，讓你可以想做什麼就做什麼，不必顧慮任何人，包括我。」

范哲睿愣愣看他，在他眼中一如以往，只看見自己的倒影。「為什麼這樣想？」

「我不想成為束縛你的理由。范家給你的束縛已經夠多了，我只想讓你在我身邊覺得很自由……這是我目前能夠給你的東西裡最好的。」白宗易歉疚地看他。「對不起，沒有顧慮到你的心情……」

「你傻啦！」范哲睿抱住他。「最好的，我已經擁有了。」

「阿睿……」

范哲睿笑，傾身吻上白宗易吃驚微啟的脣。

「你不用急著長大，我會慢慢走，等你追上來。」

白宗易拉他入懷，俯身吻住范哲睿，舌尖粗魯急切地闖進毫無防備的嘴，壓碾吸吮。

他怎麼可以對他這麼好！還說他是最好的！

范哲睿的肯定激發白宗易的熱情，也勾出他本能的獸性，在兩人迎接瘋狂的高潮之後，白宗易咬住他左手無名指，在指根處留下深紅的咬痕。

「等我存夠錢，我們一起去挑戒指，一起買，好不好？」

范哲睿愣住，這小子是在……

「我們結婚。」怕他誤會只是禮物，白宗易忙進一步解釋：「如果到時候臺灣還不能結婚，我們就去荷蘭！冰島也行，我用Google查過，有很多國家可以結婚。」

又Google……范哲睿翻白眼，摟緊身上的人，雙腿夾住他的腰一翻，對調位置跪坐在白宗易身上，居高臨下看著吃驚的他。

「阿睿？」

如果上一秒白宗易還懵懂，這一刻，被范哲睿納進體內瞬間如觸電般的快感也知道身上的男人做了什麼。

才平息的慾望迅速復燃，白宗易雙手摸上范哲睿的腿，沿著腿根往上要扣住他腰身準備開戰，沒想到范哲睿大手掐住他脖子。

「不要動。」范哲睿咬唇，忍住情慾的呻吟。

太深了……范哲睿後悔自己的衝動。

身體的重量讓他把白宗易吞得更深，深到頂端微翹的小宗易擦過敏感的前列腺，帶來瞬間洶湧的顫慄，挺直的陰莖受不住刺激飛濺出些許白濁，點點落在白宗易肌理分明的腰腹。

親眼目睹的范哲睿忍不住臉紅，但他的目的還沒達成，必須堅持下去！

「你還沒回答我，搬不搬？」因情慾氤氳的桃花眼瞪視胯下的人，大有「不搬不給動」的態勢。

「搬。」白宗易點頭，早在他說想照顧他的時候就決定答應了。

「剛才說的，記得嗎？」

「哪一個？照顧你？對你好？一起買戒指？我們結婚？」他剛說的太多了。

「都給我記住！」這傢伙要氣死他嗎！「白宗易，要是你做不到或是違背承諾，我就殺了你！」

白宗易笑了，靠腰力挺身坐起，抱緊懷中人的腰，親吻他嘴角。「好。」

他威脅過他很多次，就這次的威脅最軟弱沒勁，但——

最牽動他的心。

第八章

八月底的盛暑天，臺北市迎來三十六度的高溫，高溫的豔陽燒融空氣，熱浪輻射產生的空間扭曲的視線錯覺。

「不應該挑今天搬家的。」范哲睿抬頭看天，解開襯衫第一、第二顆釦子，拉著前襟領子搧風。

搬了趟東西上樓又下來的白宗易聽見，笑道：

「你先上去，我搬就好。」他說完，抬臂用袖口擦了把汗，爬梳了下頭髮。「沒多少東西，很快就好。」除了書就是衣服和一些生活用品。

「不要小看我。才……」拿手機出來看。「三十六點五度。」好熱……

白宗易笑看范哲睿忍住喊熱的彆扭表情。拜以前頂著大太陽打工的經驗之賜，他很耐熱，打赤膊也是常有的事。

白宗易拉起衣領再擦一次汗，想了想，雙手交叉抓兩側衣襬，決定脫衣打赤膊。

范哲睿抓住他的手。「你幹麼？」

「這樣比較涼快，好做事。」

「你在我面前把身體露給別人看？」范哲睿話裡充滿介意。

「我以前在工地打工跟師傅們做事也這樣。」

「瞭解。這主意的確不錯。」范哲睿說著，動手要解第三顆鈕釦。

「不可以！」白宗易抓住他的手，終於明白他在意的是什麼。「我不脫，你也不要。」

「行。」范哲睿鬆手。「搬東西吧。」說完，搬一箱書上樓。「動作快。」

白宗易哭笑不得，將袖子捲到底，變成無袖T恤，一口氣搬兩箱書跟上。

兩人邊談笑邊走進大樓，沒注意到對街有人正虎視眈眈盯著他們——

正確來說，是盯著范哲睿。

終於找到了……

暗處的張騰揚起詭笑。

真正害他們龍幫失去兩個堂口、損失慘重的幕後黑手！

※ ※ ※

「阿睿！」

白宗易撞開企圖偷襲范哲睿的人。

范哲睿一記旋踢，逼退帶頭追擊的張騰，尋找白宗易的身影。

白宗易正和方才要偷襲范哲睿的人纏鬥，託他人高馬大之福，一時間對方還占不了他便宜。

怎麼回事？白宗易應戰同時也困惑。

和范哲睿出門慶祝第一天同居，兩人決定外食，還利用范哲睿成年點了兩大杯啤酒，酒足飯飽回家突然衝出三個人追著他們打。

如果不是范哲睿身手俐落，先聲奪人打趴一個，後果不堪設想。

只是……

范哲睿到底是什麼人？為什麼會有這樣的身手？張騰又是誰？為什麼要找范哲睿麻煩？

白宗易越想越困惑，但現下不是找答案的時候！他低身閃過襲來的棍棒，趁機踹對方一腳回擊。
他太天真了！范哲睿恨死自己，他以為刻意低調就能隱藏身分，就算離開義雲盟也能過一般人的生活，沒想到……
「張騰，你住手！我幫你跟陳毅談，讓你拿回你的堂口！」
「太遲了！」張騰發狠踹范哲睿腹部一記，箭步上前追擊。「陳毅滅我多少人，我就毀他多少個！如果不是你，我的堂口不會被滅！你該死！」
范哲睿低身閃過張騰的攻擊，在地上滾了一圈，趁機撿起石頭握在手裡，衝向白宗易，握著石頭的手一擊轟上和白宗易纏鬥的人，對方立刻倒地。
「快走！」
白宗易抓住范哲睿。「一起走！」
「顧好自己！去報警！」范哲睿推他一把。「快走！」
「誰都別想走！」槍響瞬間，子彈打中范哲睿的腿。
「阿睿！」白宗易想上前扶，槍聲落在腳前，止住他腳步。
白宗易刷白了臉，十幾歲的他面對致命武器，一時間不知怎麼反應，還站著已是極限。

張騰朝白宗易走去，經過范哲睿時被他抓住左腳腳踝。

「放他走！」

張騰火大，抬起右腳用力踢范哲睿的頭，先前受到重擊流血的腦袋再度溢血。

「阿睿！」

白宗易起身疾衝，快不過張騰開槍擊發的子彈。

砰！一聲槍響伴隨白宗易的慘叫，左手臂中彈倒地，強烈的灼熱刺痛讓他忍不住叫出聲。

「白宗易！」范哲睿急紅了眼。「放他走！他只是普通人！」

「你這麼在乎他……」張騰冷笑。「那就更該死！」

砰！張騰朝范哲睿肩膀開槍，腳踝上的箝制立刻解除。

怕白宗易擔心，范哲睿悶哼忍痛。

「阿睿！」白宗易忍痛想衝向范哲睿，殺得興起的張騰轉身朝他開槍。

子彈擦過白宗易手臂，腳下一個踉蹌，跌坐在地，這次他咬牙挺住不吭聲，忍痛漲紅的眼直盯范哲睿著急的臉。

范哲睿急紅了眼。「張騰！」

……像你這樣的半吊子，唬唬一般人還行，要跟道上的人拚……沒有陳毅跟我護著，兩個字——穩死……

倏地，腦海中閃過艾迪曾經跟他說的話。

半吊子……因為他的半吊子，害白宗易陷入這種危險……

如果會死，能不能死他一個就好？

「放過他！……我求你……」范哲睿眼眶一熱，溢出名為後悔的眼淚。「張騰，我求你……」

白宗易震驚地看著張騰後頭努力要撐起身的男人。

他還是不知道到底發生什麼事，范哲睿又是什麼人，自己又為什麼會遇到這種事，但……如果他再強一點，范哲睿就不會為了他這麼狼狽……

槍口抵上白宗易腦門拉他回神。

白宗易回神抬頭，看見張騰瘋狂的嘴臉。

「張騰！」范哲睿嘶吼，用盡力氣要站起卻因傷重屢屢趴倒在地，最後狼狽匍伏爬向張騰。「不要開槍！求你……我求你……」

無視身後蒼白無力的哀求，張騰冷笑：

「要怪就怪范哲睿，認識他，是你倒楣。」

白宗易閉上眼睛，等待死神降臨，下一秒，聽見悶哼和肉搏戰的聲音。

睜開眼，白宗易看見范哲睿背對自己壓坐在張騰身上，右手重複擊打的動作，而他身下的張騰已沒有動靜。

「阿睿！」白宗易衝上去，抱住他阻止。「夠了！不要打了！」

白宗易抱著范哲睿往後退，拖他離開張騰，掰開他右手拿下緊抓的石頭，丟開。

范哲睿滿臉是血，顯然方才惡鬥中被擊傷頭部，還有身上的槍傷……

他無暇關心被范哲睿猛打的張騰怎麼樣，用力握痛自己因害怕顫抖的雙手，找回鎮定，撕扯自己衣服做止血帶幫他止血。

「忍耐點，我先幫你止血。」這麼重的傷、流這麼多血，他哪來的力氣打昏張騰。白宗易包紮他傷口心想。

范哲睿恍若未聞，愣愣地看著白宗易。「沒事吧？有沒有受傷……」

「我沒事！不要說話了……」白宗易拿出手機要撥號叫救護車。

失血過多的范哲睿已神志模糊，看著白宗易，歉疚與疼痛打散他的舌粲蓮花，跳針般地重複道歉：「對不起……連累你……對不起……我不想拖累你……對不起……」

「沒關係……」白宗易一手摟住范哲睿一手打電話，雖然仍心有餘悸，范哲睿的自責更讓他在意。「沒事了……別哭……我沒事……不是你的錯……」

被槍擊都沒哭的男人為了他跪在地上求人，因為連累自己哭得這麼狼狽……

「對不起、對不起、對不起……」范哲睿因失血，神志逐漸渙散，仍不斷致歉。

如果時間能夠倒流，他會阻止自己纏上他！

這樣就不會愛上他，害他遇到這種事……

「找到了！」

白宗易一驚，本能地抱緊范哲睿護在懷裡，瞪視逐漸接近的陌生人。

※　※　※

白宗易站在手術房外等待。

「那個……」因為消息延遲晚了一步的艾迪尷尬接近。「你好，我是范哲睿的朋友，那個——」

白宗易防備地審視眼前的人，打斷問：

「你們是什麼人？」

「啊？」

「為什麼他會遇到這麼危險的事？他做什麼的？警察？還是……」白宗易忽然想起張騰當時說的堂口。「黑社會？」

艾迪看看左右，悄悄比出「2」的手勢。

白宗易震驚，范哲睿一點都不像……

「但他已經退出不是道上的人了！」艾迪連忙說明，怕白宗易誤會，害兩人分手他就完了。「他說要過正常的生活，要回去為他男人做飯！」

見白宗易仍板著臉，艾迪繼續解釋：

「認真說起來，阿睿也不真正算是道上的人，他只是……只是……幕僚？」這字眼會不會比較貼切？

白宗易低頭沉默不語。

「喂……」艾迪上前。「你不要因為這樣生他氣……我知道對你這種一般民眾來說，這種事很恐怖，但是……你不要因為這樣不要他，他會哭死的。」

白宗易依然沒說話。

「你不要這樣，都不說話很恐怖耶。」艾迪上前要拉他。

就在這時，腳步聲朝他們接近。

兩人循聲望去，幾個人朝手術室方向走來，老少男女都有，男的西裝筆挺、女的高雅華貴，其中最引人矚目的是中間推著八旬老者的年輕男子，彷彿被群星拱月般簇擁走來。

「最麻煩的來了……」不愧姓范，真的很煩。艾迪上前：「范老太爺好……」

范？白宗易盯著那群人，而對方似乎沒發現他，連一瞥都沒有。

明明只有一條筆直的長廊……

就在這時，手術室大門開，醫生走出。

「誰是范哲睿的家屬？」

白宗易轉身欲上前，一名中年美婦快步經過他。

「我們是！我是他母親！小睿怎麼樣？」

「范夫人！」醫生認出對方，語調變得客氣恭敬。「老太爺也來了……」醫生朝裡頭喊：「Miss 高，準備說明室！這邊請……」

醫生招呼范家人往一旁走，白宗易和艾迪彷彿透明人，無人聞問。

「厲害吧，一家人眼睛都長在頭頂上……阿睿除外。」艾迪回頭看向白宗易，扯了下脣角，嘲諷道：「這裡是汎亞集團投資的醫院。你知道汎亞集團嗎？就是……」

艾迪繼續聒譟，白宗易沒有認真聽，只是愣愣看著手術室。

方才經過的范家人、醫生畢恭畢敬的態度……

天地之差、雲泥之別……以前在教科書上學過的成語，親身經歷的感覺竟然這麼糟……

「我什麼時候可以見到阿睿？」

「……不知道。」艾迪沒把握。

白宗易看著手術室，心裡有股不祥的預感。

※　※　※

白宗易打理好自己，準備再去醫院，希望能找到機會見范哲睿。

受襲事件發生已經過了三天，這三天，他到醫院都沒辦法見到范哲睿，再怎麼遲鈍也猜得到是范家人的傑作。

不給機會，只能自己創造。

白宗易拿起鑰匙，大門一開，沒想到外頭站著一對打扮高雅尊貴的中年男女，女方正要伸手按鈴，是范哲睿的父母親。

「我們是哲睿的爸媽。」范母揚著優雅客套的微笑說著。

「請進。」

白宗易側身讓兩人進屋，在送上兩杯熱茶之後，三人陷入沉默。

范母打量坐在對面的白宗易，若不是知道老太爺丟給他們的資料不會出錯，她說什麼都不會相信兒子跟一個男孩在交往。

還是個十七歲的男孩！這人到底是用什麼手段誘惑她兒子的！

太擔心范哲睿，白宗易忍不住先開口：

「請問，哲睿現在怎麼樣了？」

白宗易打開話題，讓范母鬆了口氣，順著他的話開口。

「還在昏迷中，醫生說他頭部嚴重受創，需要住院觀察。」

「槍傷怎麼樣了？」

「什麼槍傷？哲睿是車禍送醫。」范母笑說著，彷彿真的是白宗易說錯。

白宗易愣。「明明就是——」

「就是車禍。」范父終於開口，神情高傲、充滿不屑：「我和內人今天來是要處理這間房子。不管你是誰，跟他有過什麼關係，從今天起都結束了，從他身上得到的好處，我可以不計較，但如果你想死纏爛打，我不會讓你好過。」

白宗易按著膝蓋、忍住脾氣與屈辱聽完白父的話，咬唇用疼痛壓抑自己的情緒。

范母暗拉范父的袖子，後者哼聲抿脣不再說話。

「哲睿需要住院一段時間，這間房子暫時用不著，所以……」范母點到為止。

「難怪阿睿會離開……」

「你說什麼？」

「你們……真的有關心過阿睿嗎？」白宗易憤怒而炯炯有神的眼無懼地直視兩人。「難怪他要搬出來，說離你們越遠越好。」

范父被激得拍桌。「你——」

槍都見過也被打過了，他還怕兩個老人！

白宗易傲然打斷范父將出口的話：

「謝謝你們讓我知道什麼叫豪門修養，真的非常與眾不同，受教了。」

奇蹟

※　※　※

白宗易沒想過自己跟范哲睿同居的生活會這麼短。

紙箱都還來不及拆完又要再封箱，他再次慶幸自己東西不多，整理起來並不費事。

只是……整理的時候不斷那天想起剛搬進來的情形──

書就放這裡，我位置都挪出來了……以後這個書房我們共用……

衣櫃一人一半嗯……你衣服怎麼那麼少？浪費這麼好的身材……

浴室play知道嗎？晚上要不要來試試，慶祝同居……

廚房這邊的置物櫃給你放烤蛋糕的材料……晚上去買烤箱……

白宗易！快點！打蟑螂！……我不是怕，是懶得打，ｏｋ……

白宗易、白宗易……

幾天前的回憶如潮水湧上心頭，帶來甜蜜的同時也令他心痛。

白宗易靠在廚房流理檯，摀臉藏住自己，不一會兒，指縫間溢出少年低聲的抽泣。

他好想他！好想！

就在這時，手機鈴聲響起。

白宗易深吸口氣整理好情緒，從口袋拿出手機，與范哲睿同款，鈴聲也一模一樣。

「妹，找我幹麼？」

『哥……』白婧妤哭得讓人心慌的聲音傳來。

白宗易緊張，急問：「發生什麼事？誰欺負妳？」

『你快點回來……』白婧妤邊哭邊說，訊息斷斷續續：『爸昏倒、在醫院，醫生說……爸心臟有問題……原、原發性心肌病變……要心臟移植，不然會……會死掉……』

努力撐著說完的小女孩放聲大哭：『你快點回來……我不知道怎麼辦……我好怕……』

這一刻，世界彷彿在他腳下粉碎……

※　※　※

悲傷到了極致，真的會讓人欲哭無淚。

白宗易終於明白十歲那年看著母親丟下他們離開，自己哭不出來的真正原因。

不是因為勇敢，而是太難過。

隔著透明玻璃看躺在加護病房裡的父親，一手輕拍平躺在長椅上哭到睡著的白婧妤，一手抱著自己的背包，急忙趕回臺中的他只來得及帶手機、錢包，所有的存摺和印鑑。

在醫院，處處都要用錢。

窮人沒有重病的權利，一旦重病，不是忍到死，就是傾家蕩產。

爸才四十五歲，才剛踏入中年……

撐住，白宗易，你不能倒……白宗易在心裡不斷重複告訴自己，卻也清楚現在的自己搖搖欲墜。

接二連三的問題不是生離就是死別，他再怎麼早熟、怎麼能幹，也沒有辦法一口氣承受那麼多。

他的父親命在旦夕，他愛的人仍在昏迷，情況不明還不能相見……他從來沒有這麼無助過，真的不知道自己該怎麼扛！

有誰能告訴他應該怎麼做？

誰都行！只要能解決這一切困難，救他父親、救他心愛的人……

就算要他出賣自己、甚至拿命去換都可以！

只要他愛的人都能平安無事，都能活下去，要他死都行！

誰來救救他……

十七歲的男孩摀住臉，發出無聲的悲鳴。

就在這時，一道聲音從天而降。

「白宗易？」

他抬頭，看見一名無視醫院規定叼著菸的男子，身後還跟著一個黑衣男子，兩人看起來都是中年。

對方俯看少年一會兒，拿開未點燃的香菸，蹲在他面前咧嘴道：

「跟叔叔談個交易吧。」

※　※　※

白宗易安置好妹妹跟著兩名陌生人到天臺。

對方介紹自己是義雲盟老大、范哲睿前老闆之後，立刻轉入正題：

「張騰死了，他的兩名手下重傷，條子正在追這個案子。」

白宗易一愣，回想起那天晚上的事，驚愕瞠目。「張騰他是阿睿……」

「是，也可以不是。只要你願意去投案，說張騰是你殺的就不是。」

「……就像阿睿只是遇到車禍事故那樣？」

真聰明。陳東陽遠眺夜景，一會兒開口：「真相從來不是重點，人只想知道自己想知道的事。」回頭看白宗易。「張騰沒有家累，那兩個手下呢，是在逃的通緝犯，雖然都該死，很可惜，能合法殺人的只有警察，總要有人出來為這事負責，這個世界就是這樣。」

「范家人要你來的。」

是個人才啊……陳東陽心中一嘆。「我欠范老太爺一個人情，不得不來。」

「那個范老太爺……只是想幫阿睿掩飾？」

「你想知道什麼？」

「他在乎阿睿嗎？能……多疼他一點嗎？像爺爺對孫子那樣？」

陳東揚嗤鼻一笑：「在范家要找親情不如找錢……不扯那些了。孩子，只要你答應，你父親就不用排隊等移植，我會幫你處理，怎麼樣？」大人丟出了餌，等小魚兒上鉤。

「怎麼可能，臟器移植都需要登記──」

他打斷道：「不要跟我說你沒聽過黑市。」

「……」白宗易沉默，以前新聞看過。

「我能找到適合你父親的心臟，只要你幫阿睿扛下這件事……你才十七歲未成年，頂多判個七年，表現得好還能提早假釋，出來三年內安分沒惹事就不會留案底。」

白宗易聽出話意。「如果是阿睿會被判很重？」

「一件殺人，兩件重傷，加上幫派械鬥……你說呢？」他反問。「成年人光殺人就得處死刑、無期徒刑或十年以上有期徒刑。」

白宗易聞言大驚。

「不要浪費時間了……」陳東揚耐心告罄，直接開出條件：「配對的心臟、手術費、術後療養費、還有……」陳東揚看向身後的手下，示意。

手下打開皮箱，滿滿鈔票。「三百萬安家費。」

白宗易看著鈔票一會兒，看向陳東揚。

「你是在演電視劇嗎？」還是最老梗的八點檔。

「相信我，真實的人生比戲劇更荒謬……」

義雲盟的頭子殘酷一笑，續道：

「歡迎來到大人的世界，孩子。」

※　※　※

陳東揚領著手下走出范哲睿的住處，抬頭看夜色。

「剛才在裡頭，好像回到我們二十年前當混混圍事的時候……」

沒想到自己混到這把年紀還要親自出馬做這種事。黑道老大深深嘆息。

「換個角度想，你不欠范家了。」他只能這樣安慰。

「但這人情還得……真他媽窩囊。」欺負普通老百姓像什麼話！

陳東揚感慨，拿出隨身的香菸和打火機，點菸後，深深吸了一口，任尼古丁在喉間繞過一圈，緩緩吐出。「這次真的做壞人了。」

「我們本來就不是好人。」

「但也不是雜碎。」陳東揚和手下走向座車，想到過去，一嘆：「至少已經很久不做雜碎……」

就在這時，腳步聲由遠而近。

陳東揚循聲看去，是陳毅。

陳毅走到他面前站定。「對不起，陳爺。」

「你對不起的不是我，混道上就不怕髒手。」陳東揚感慨。「你對不起的是那孩子，聽說他是醫學院公費生。」前途光明吶，可惜……

「我會補償——」

突來的一拳打斷陳毅的話。

陳毅踉蹌一步，穩住自己，嘴角滲血。

「沒把握的話就給我吞進肚子裡！」上一秒還談笑風生的男人，下一刻忽然戾氣逼人。「你要彌補什麼？給錢給房？」

「……」

「人心跟人生是補不回來的。」學不乖的死小孩！陳東揚揪起陳毅，惡狠狠地怒瞪他。「你用再多錢都彌補不了那孩子即將失去的未來！你以為未成年出獄不會留案底就可以當作什麼事都沒發生嗎！蠢蛋！」

陳毅握緊拳，大意失敗的屈辱感讓他咬緊脣，滲血而不自知。

「當初你要進義雲盟的時候我跟你說過什麼！」

「嚴禁連累無辜他人，尤其是一般人，那是黑道的恥辱、無能的證明。」陳毅低頭說著，是他對自己的能力太過自信、大意疏忽，無話可說。

「給我用生命記住這件事！你跟我，到死都欠白宗易一次！」

陳東揚說完，將陳毅丟在原地，上車離去。

陳毅看向醫院大門，果決如他，生平第一次猶豫該不該去面對自己造成的錯誤。

他的自信過度毀了兩個人的人生……

※　※　※

病房內迴盪著細碎的說話聲。

「我是偷偷跑進來看你的……」艾迪蹲在床頭一角，盯著病房的門一邊說話。「阿睿你快點醒過來，不然白宗易就完蛋了……」

床上的范哲睿呼吸平緩，恍若未聞。

「你們范家的人太陰險了你知不知道……竟然用白宗易他老爸的病威脅他幫你頂罪……法院今天判下來了，要關七年啊……」

范哲睿的眉頭皺了下，似是嫌吵，不悅。

總算有反應了！艾迪繼續努力罵范家：「你們家老太爺真的不是人……反對你們交往棒打鴛鴦就算了，還要白宗易幫你頂罪，毀了他，免得你們藕斷絲連……」

動了動了，指頭動了！「這麼愛聽我罵你家裡的人啊……」艾迪再接再厲：「我後來才查到……張騰會發現你是范家人——就你那個三叔通風報信的……那傢伙真狠……要不是范老太爺頂著，真想弄死他……」

病床上的男人眼皮微動，像是要掙脫黑暗的束縛般，眼皮頻頻顫動。

「Come on，baby！你可以的！」艾迪加油道，看得他都想幫他掀眼皮了。「快清醒，再睡下去，智商一八〇也睡成一點八了！快點醒來！」

也不知是艾迪的「鼓勵」奏效，還是男人想醒來的意志堅強，緊閉的桃花眼緩緩

奇蹟

睜開。

一睜開，被光線刺激又閉起，來來回回了好幾次，才完全睜開。

在沉睡三個月之後，范哲睿終於醒來，因意識渾沌神情茫然。

YES！

「謝天謝地，你總算醒來了！」艾迪忘形歡呼，聽見自己太大聲，立刻摀嘴消音，趴在床頭，興奮小聲道：「放心，我會想辦法把你弄出去，不讓你待在范家魔爪裡。」

范哲睿神情依舊茫然，嘴巴動了動，似是要說話。

艾迪連忙拿下他呼吸器。「你要說什麼？快說，要我轉給白宗易也沒問題，說吧！」他洗耳恭聽、準備要認真記。

范哲睿囁嚅，氣若游絲：

「你……是誰……」

艾迪傻眼。

靠！不會吧，失憶！

范哲睿表情木然，無神的雙眼移向天花板定住，不再說話。

第九章

二〇一六・春末

近鄉情怯。

白宗易看著自己就在對街的家，說什麼就是不敢跨出去。

四年前，白宗易接受陳東揚的交易。接受手術治療的白父得知一切之後，勃然大怒，寧可自己死也不願他替人頂罪坐牢，不願配合術後休養，在白婧妤哭勸下才想開。

之後白父知道兒子是為范哲睿頂罪時，一度要上臺北找范哲睿理論，白婧妤勸他不住，只好先拉他到監獄會見白宗易，要他幫忙勸。

就在那時候，白宗易隔著監獄會客室的防護玻璃向白父出櫃。

他做的一切，不只是為了救父親，也是為了救心愛的人，他不後悔。

那一天，白父哭了。在被妻子拋棄那晚痛哭之後，無論日子過得再苦再難，甚至自己生病難受，都不曾再哭的白父哭得像個孩子，頻頻向他道歉，為了把對感情的固執、長情這個性遺傳給他道歉。

對自己害父親傷心難過，白宗易非常自責，無法完成父親念大學的夢想，也無法成為他的驕傲，還讓他蒙羞。

這讓他無法坦然回家，腳步遲滯在最後一哩路，無法邁出。

白宗易想了一會，轉身離開。

「哥！」身後，女孩驚呼的聲音傳來，又響又亮，就跟以前一樣。

白宗易轉身，正好接住飛撲過來的妹妹。

白婧妤興奮地抱住白宗易，說什麼都不放手，轉頭大聲喊：

「爸！真的是哥！他回來了！」回頭再抱緊哥哥，又轉頭朝五十公尺外正奮力加快腳步走來的白父喊：「還變胖了！腰變粗！」

白宗易失笑，還是一樣外貌協會。

但她應該的，這麼漂亮的女孩。妹控的兄長俯看懷中的妹妹。

十八歲的白婧妤脫去青澀的少女模樣，簡單的T恤、牛仔褲襯出她婀娜的體態，搭配馬尾，整個人看起來年輕又俐落。

真的女大十八變……「有男朋友嗎？幾歲？怎麼認識的？念什麼學校——」

「沒有啦！」白婧妤一記頭錘撞進白宗易的胸膛，抬頭看他。「找不到比哥更好的男人，怎麼交往！」

白宗易摟緊妹妹，熱淚盈眶。「謝謝……」

謝謝妳，依然當我是最好的，即使我已不再那麼完美……

跳脫被白父笑說是潑猴的年紀，這四年發生了太多事，多得讓白婧妤收拾荳蔻年華的天真爛漫，努力向兄長看齊。「你總算回來了……」她哽咽。

窮人的孩子早當家……她在父兄的庇護下有最快樂的童年，雖然做不來哥哥那樣完美周到地照顧父親，但她知道他們都看見她的努力，還有，認為她是最好的。

就像她認為自己擁有世上最好的爸爸跟哥哥一樣。白婧妤抱緊哥哥，眼淚不爭氣地流下，連忙抓哥哥的衣服擦，這是她的習慣，只要有哥哥在。

白宗易明白，憐惜地輕拍妹妹的後腦勺。「辛苦妳了。」

一句話，四個字催逼出更多眼淚，白婧妤在哥哥懷裡抑聲哭得微顫。

心臟移植成功後在醫師叮囑下嚴禁劇烈運動的白父終於走到兒子面前，隨著腳步拉近，兒子的輪廓越清晰，他臉上的自責、愧疚與滄桑也越分明。

白父看在眼裡，疼在心裡。多麼好的孩子，明明是自己拖累他，他依然敬他愛他。

父子倆隔著一臂之距看著彼此，看見對方眼眶中的淚。

總要有人開口打破沉默。

「……爸。」白宗易忐忑看著父親。

白父張口欲言，才發現哽咽在喉，吞了口口水嚥下四年的擔憂與自責，慈父伸手輕摸兒子的頭，開口：

「回來就好……」簡單的四個字，道盡父親對兒子的愛。

在外飄泊的孩子，終於回家了……

白宗易落淚，哽咽回應：

「我回來了……」

※　※　※

白家的餐桌終於迎來睽違四年之久的第三副碗筷。

白父放下碗筷的時候忍不住又眼眶一熱，經歷過生死交關和天倫別離之後的他看待事物有了不同的角度，也有更多的彈性與感性，不再那麼僵硬刻板。時代在變，他也跟著時代調整自己的步伐，雖然已不再年輕。

白父擺放好碗筷，看著桌上的菜，想到是兒子在牢裡學的，心疼得熱淚盈眶。

幸好，廚房傳來的兄妹交談太歡樂，打散他的傷感。

「我再吃一口……」這是他女兒，從小就這樣，讓家裡吃飯前就笑聲連連。

「白婧好，偷吃會變豬。」這是他兒子，只要妹妹偷吃就會這樣警告，擔心她變胖又要出怪招減肥。

「不要鬧了你們兩個，快出來吃飯。」

「哦！」兄妹倆同時應聲，白宗易端菜出來，白婧好還是趁機偷捏一塊肉塞進嘴裡。

「白婧好！」

「好吃嘛！」

白父笑看兩人。「吃飯了。」這是他，負責收尾喊開動。

兄妹倆乖乖就座，拿起屬於自己的碗筷。

「開動！」白婧好大喊一聲，舉筷出征。

這是他白家的餐桌日常。

今夜，白家久違的笑聲不斷，透窗飄出矮小的平房，雖然模糊但還是能聽出裡頭的愉悅與幸福。

模糊的笑語也透過降下些許縫隙的車窗，傳入不知何時停在白家外的普通房車裡。

夜色與屏障的窗紙遮去車內駕駛的面貌，只有車窗的縫隙露出一雙喜悅卻含悲的桃花眼，小心翼翼地偷窺白家屋裡的動靜，專心傾聽裡頭傳出的隻字片語，偷竊不屬於他的幸福。

※　※　※

白宗易回到自己房間，裡頭的東西都帶著四年前的記憶。

很難形容這種感覺，四年的服刑就像穿越到另一個時空，記憶空白了四年，重回社會還有種自己才剛高中畢業準備進大學的錯覺。

白宗易有些恍惚，看著房間擺設和未開箱的紙箱出神，連白父進房都沒發現。

白父走近背對自己的兒子伸手要拍他，還沒碰到，白宗易已經警覺轉身。

「幹什麼！」口氣暴戾、神情防備瞪視身後的人威喝。

白父嚇得一愣。「我只是……只是想叫你……」

白宗易認出白父，緩了緩瞬間緊繃的身體。

「對不起，爸……我以為還在……」白宗易頹坐在床上，不好意思地朝白父一笑。「以後直接叫我，不要突然從背後碰我，我會以為……」白宗易停口，沒有繼續再說下去。

監獄裡太多從背後來的突襲，造就他草木皆兵的警戒。

「知道了。」白父沒有追問，監獄是什麼地方他沒去過也不難想像，終究還是改變兒子一些事。「慢慢來，會習慣的。」

白宗易聽出父親話中含意，感激地看他。「謝謝爸。」

白父慈愛一笑，拉來椅子跟他面對面。「雖然你之前入學資格已經被取消，不過你高中的書我都有幫你留著，想說等你出來要考大學還可以用——」

「我不考大學了。」白宗易打斷道。

「為什麼？」洗完澡出來經過的白婧妤聽見，驚訝地闖進房裡。「哥，為什麼不考？就算那樣還是可以當醫生的啊，不去臺北念，臺中也有中山醫大啊。」

「是啊，你不是一直想當醫生？」

白宗易捏了捏鼻子深呼吸，壓下失落的情緒勉強揚笑拿出手機給白婧妤。「隨便挑篇文章給我。」

「又要背文章哦。」白婧妤依言照做嘀咕。「這麼愛現……喏。」

白宗易接過手機看了會，將手機正面轉向兩人，父女倆等著對照，卻不見他開始背誦。

「哥，我們在等你。」

「我背不起來。」

在父女倆驚訝的注視中收起手機，白宗易佯裝不在意，像在說別人的事一般說著：

「去年裡頭有幾個人找我麻煩，我傷到頭、海馬迴受損……對不起，我有短期記憶喪失的問題，不是很嚴重，就是有時候……有時候沒有筆記甚至會記不住晚上吃了什麼。」

興許是白宗易故作堅強的自嘲太悲傷，白婧妤摀嘴低泣，白父起身背對兩個孩子，不想讓他們看見自己掉眼淚。

一時間，氣氛沉默悲戚得窒人。

「你們別這樣，這不代表什麼都會忘記，受傷前的記憶已經轉成長期記憶，儲存到大腦的皮質區域，沒問題的，只是受傷之後的比較記不住……」說到最後白宗易自己也說不下去，澀然停口。

不應該說的，但如果扯謊更糟，他記不住自己扯的謊沒辦法圓。「對不起……」

「對不起什麼！」白婧妤拿毛巾擦乾眼淚，不在意地說：「記憶力強有什麼好的，痛苦的事忘不掉多累啊！我聽人家說樂觀的人都很健忘，對不對！」

白宗易看著妹妹眼眶含淚的臉，知道她想安慰他跟父親，起身摟住她配合笑。

「對啊，妳最樂觀了，到現在還常常忘記把傘帶回家吧？」

「我最健忘，不行哦！」白婧妤嬌嗔，握拳作勢捶在白宗易肚子上。「揍你哦。」

「哦！小豬神拳！」白宗易摀著肚子，佯裝受重傷。

兄妹打鬧間，白父已整理好情緒，轉身。

「不要鬧妳哥了。」他說，看向白宗易。「那些書你看有什麼要留的就收著，其他的我拿給林叔叔，讓他資源回收掉。」

「好。」

「那你接下來有什麼打算？不用急，慢慢想，那筆錢……我跟婧妤這些年沒什麼用到，需要就拿去。」

「我的確是需要。」

白婧妤和白父齊看向他。

白宗易臉上流露充滿希望的微笑：

「我想開家甜點店。」

※　※　※

蒼老的手指有節奏地敲在桌面，就像敲在每個人的心口，隨著敲擊聲，表情越發沉重。

「我說過每次家族例會，在公司任職的幹部缺一不可，人呢？」

可容納四十人的豪華會議室內，本應眾人齊聚，偏偏角落就是空出一個位子，突兀得讓人無法忽視，硬生生讓家族凝聚力破了個口。坐在空位附近的人個個眉眼低垂，生怕和主席位的范老太爺對上眼，瞬間變炮灰。

范老太爺的三子范家鴻見氣氛凝結，連忙揚笑開口：

「老太爺，我相信哲睿不是故意的，一定是有要緊的事——」

「我派他去併購臺中的軒恩科技。」坐在主席旁邊座位的范姜睿臣打斷自家三叔的見縫插針，為同父異母的兄長緩頰。冷淡的眼神緩緩掃向范家鴻。「有問題嗎？」

范家鴻忍住不悅，皮笑肉不笑道：「當然沒有。希望他順利完成你的交代。」

就在這時，會議室門被人從外頭打開，西裝筆挺的俊秀男子手裡拿著牛皮紙，無視眾人的注目禮，走到范姜睿臣身邊，將牛皮紙袋恭敬放到他桌前。

范姜睿臣將牛皮紙袋推到范老太爺面前，俊美卻淡漠的臉上難得揚起微笑，驚呆眾人，接下來的話更讓全場心頭一顫。

「生日快樂，爺爺。我們準備的禮物，給您暖壽。」

該死！竟然偷跑！明天他們精心準備的壽宴怎麼辦！誰比得過一家市值高達兩億的科技公司！還只是暖壽小禮物！

范老太爺聞言，看了看最得意的孫子，和終於聽話的長孫，滿意點頭。

「幹得好。這禮物，就讓你們年輕人去玩，不要讓我失望。」

「是，爺爺！」范哲睿和范姜睿臣異口同聲道。

范老太爺滿意點頭，視線移到范哲睿身上時，多了幾分打量的犀利。

※　※　※

「小心范哲睿。」

范姜睿臣聞言，抬眸看著倒映在電梯鏡面牆上的范老太爺，明知故問地開口道：「為什麼？他現在失去記憶，能依靠的只有范家——」

鏡裡的范老太爺抬頭對上孫子的視線，面無表情吐露：「會咬人的狗不會叫。」冷淡無情的話充分顯示出他對范哲睿的態度。「難保他哪天想起一切，做出不利范家的事。」

范姜睿臣皺眉，神情似是思忖。

范老太爺見孫子表情似乎寫著不認同，語重心長道：「你跟他不一樣，永遠不要把他當成你哥，他只是任你差遣、供你使用的工具。」

「是，爺爺。」

范姜睿臣應聲，低垂的視線掩去真正的心思。

※　※　※

送走范老太爺，范姜睿臣回到自己辦公室，門一打開，就聽見一聲：

「汪。」

范姜睿臣怔了一下，看見辦公桌後頭背對門口的椅子轉過來，露出范哲睿帶著嘲諷意味的笑。

「這樣是不是就不會咬人了？」

「你連汎亞的電梯都安裝了監聽器？」

「電梯是僅次於廁所的八卦中心……」看見范姜睿臣瞇眼，范哲睿立刻澄清：「你放心，廁所沒有，那是隱私，我有分寸。」

范哲睿說完，隨手拿起便條紙邊寫密碼邊道：「我在你電腦裡安裝了監聽軟體，打開之後輸入密碼就行。」

范姜睿臣接過便條紙，不習慣安慰人的他遲疑了一會，才開口：「爺爺的話，不要放在心上。」

「這世界上只有一個人的話，我會放在心上的。」范哲睿直白道，意識到這是范姜睿臣難得的安慰，感到新奇。「你擔心我？」

「沒有。」答得飛快，反顯欲蓋彌彰。

范哲睿微笑，隻手托腮打量眼前同父異母的弟弟。

說真的，他沒想到兩人會走到今天的關係。

四年前，他醒來發現一切已成定局，體弱的他無力逃走，只好假裝失憶找機會，沒想到第一次逃跑就被這個弟弟逮到。

本以為范姜睿臣會告狀，沒想到他竟然幫他隱瞞，還告訴他昏迷期間發生的所有事情。

原來他在義雲盟設計情報系統的事被老太爺發現了，老人家想要他的才能為家族效力，要他重回范家，卻無法接受自己的孫子和男人交往，於是當張騰的事發生時，他順水推舟讓義雲盟出面談交易，把白宗易推進地獄。

張騰發現他以及後來白宗易在牢裡出的事，都是范家鴻搞的鬼，為了在老太爺面前露臉刷存在感，不惜拿他和白宗易當祭品。

要怎麼做才能擺脫這一切？不是他廢了再度變棄子，就是廢了老人家，讓他無法再掌權管事，自然就不會再打他主意。

就在他思考第二條路怎麼執行時，范姜睿臣主動找上他，提出邀約，他才知道汎亞第三代的接班人野心勃勃，不想跟父親一樣當個兒皇帝，也不想熬到太上皇駕崩才能真正掌權。

朕即天下——這人想要的是絕對的掌控權。

范哲睿二話不說就答應，只要求一件事——把范家老三交給他。

他和白宗易才剛建立起來的家，因為這些人的私心算計毀於一旦，連同白宗易的未來……

每想一回，心就痛一次！

如果說四年前的意外教會他什麼，只有一件事——

做事狠絕，才能避免後患無窮。

壓抑本性，偽裝失憶，配合范姜睿臣的計畫，他要開拓一條回家的路，一條回到白宗易身邊無後顧之憂的路！

有白宗易的地方，才是他的家！

「軒恩科技就交給你進行整併……」

范姜睿臣的聲音拉他回神，等消化完訊息，范哲睿訝異看他。

「你讓我……去臺中？」

「差不多是時候了……」范姜睿臣抽出一個透明資料夾，裡頭夾著多莉甜點鋪溫馨風格的開幕宣傳單。「聽說那家新開的蛋糕店還不錯……老闆姓白。」

范哲睿震驚，接過資料夾看著上頭印製的成品，都是白宗易承諾過會為他做的蛋糕！

……以後你為我煮飯，我為你做蛋糕……

記憶中的少年還記得！記得曾說過的話、曾描繪過的生活！

范哲睿摀住臉，不讓人看見他此刻的表情。

他……

好想好想回家！

※　※　※

標題：多莉甜點鋪——

B1：你沒聽說過嗎？最近在臺中年輕女孩之間流行起來的甜點小鋪啊！

B2：我知道！那家甜點鋪只賣草莓系列的甜點，從草莓蛋糕到草莓大福，只要能用草莓做的甜點統統都有！老闆還會開發新品哦！

B3：說到那個老闆，真的很帥啊！才二十幾歲，身高一八四。

B4：哦哦哦！二十幾歲，身高一八四，帥哥標配。

B5：標配什麼，說不定是背影殺手……

B6：真的很帥，我也看過哦，有圖為證！他用他那雙太陽之手，將一顆顆草莓做成漂亮可愛又美味的甜點！人還特別好！

B7：聽說不接受電話預約，現場還要客人自己填單哦？

B8：對啊，好像是因為老闆受過傷，記憶力不好，所以要客人自己填。也只接受E-mail和線上預訂哦。

B9：這樣好麻煩！不過就一家甜點鋪搞這種花招，什麼受傷記憶力不好是假掰的吧，編造假故事做行銷……奸商手法，老闆肯定長很醜！

B10：樓上是社會對你怎麼了嗎？憤世嫉俗到懷疑自己人生不夠還要質疑別人，就我來說，東西好吃，就算要親自跑一趟排隊去買都值得。多莉甜點鋪的甜點的確好吃，大推！老闆是帥哥，大大推！

B11：贊成B10！要我就現場買，還可以看帥老闆跟美女服務員，臺中人的福利

奇蹟

啊……

「妹，自己說自己是美女服務員好嗎？」白宗易看著電腦螢幕上的討論串失笑。

「我是啊！我又沒有散發假訊息……哥，十樓那個叫『等待奇蹟』的人不錯哩，每次我在 Dcard 開店裡的話題他都會出來丟水球幫我們說話，根本死忠粉！」白婧妤開心道。「不知道是哪個客人，不像五樓跟九樓這兩隻，不是酸民就是同業……說不定就是巷口的王伯伯——」

「妹，Dcard 是妳們年輕人在用的。」

「他兒子在念大學，跟我同班，追我追不到由愛生恨。」

白宗易笑，回頭折蛋糕盒，又看向電腦螢幕，失笑道：「妹，說自己是美女服務員好嗎？」

白婧妤一頓，心疼地看哥哥。「哥，這句話你剛才說過了。」

俊朗的臉上笑容倏斂，摻雜苦笑。「我忘了……我回廚房烤蛋糕。」

「哥！」白婧妤拉住他。「你真的不去找哲睿哥嗎？你明明知道他在汎亞，為什麼不上臺北找他——」

「我怕忘記回家的路。」

「我可以陪你去，再帶你回來啊。」

「我更怕上臺北找第一次就會忍不住有第二次、第三次……他一直沒有想起我，每次都把我當陌生人看……」白宗易說著，腦海中浮現兩人相見的想像畫面。「他會把我當成騷擾他生活的人，越看越討厭；而我因為記不住自己找過他，每次被他當成陌生人的感覺，對我來說都會是第一次，沒辦法習慣，每一次都是新的凌遲。」

他怕，凌遲久了，愛就散了。

再加上先天家境的懸殊，後天條件的差距……如今的他對范哲睿來說只是拖累，怎麼還能厚著臉皮主動去找？

除了被動的等待，他真的不知道自己還能怎麼辦。

※　※　※

「奇蹟不是等來的。」

高級座車內，范姜睿臣清冷不帶一絲情緒的聲音凍結了身旁在筆電上打字的男人。

「不愛說話的人不要突然話多。」范哲睿拿下濾藍光的眼鏡，揉揉眉間。「還是你想轉行當紅娘？」

范姜睿臣皺眉，顯然不喜歡這個笑話。

就在這時，范哲睿手機傳來簡訊聲響，拿起一看。「艾迪傳來消息，三叔正帶著三嬸往機場去，你打算怎麼做？」

「我答應把他留給你。我說到做到。」

范哲睿訝看身邊的男人。

「就算讓他身敗名裂在牢裡蹲也沒關係？」

「這點面子，范家還丟得起。」范姜睿臣修長的手指輕敲車門把手，輕描淡寫道：「不要在該狠的時候心軟，半吊子的心態會害死自己——」

「也連累重要的人……這點我比誰都清楚。」范哲睿臉色一沉。「會問，是不想你阻止。」他必須確定自己要的結果不會被妨礙，若有……

他不在乎嚴懲的名單裡再多一個同父異母的弟弟。

范姜睿臣挑眉，欣賞范哲睿發狠的表情。

被看得不自在，范哲睿看了下錶。「你該下車了。我要甜心草莓糖果凍和莓心莓肺慕斯，謝謝。」

范姜睿臣看向車窗，多莉甜點鋪店門前已經排了七、八人等著買蛋糕。

等待從來不是他的個性，掠奪才是——想要的對方不給就自己動手拿！是以，他不懂范哲睿這樣扭捏的態度，也不想懂。

「自己去。」他從不排隊。「你很清楚白宗易並沒有怪你，他在等你。」

范哲睿習慣性地撫摸左手無名指，記憶中，這裡還留著四年前白宗易給他的咬痕。

是，他很清楚。多莉甜點鋪開店至今，推出的甜點全是當年他畫在小冊子裡、說要做給他吃的。

「我偷走了他四年、毀了他人生，有什麼資格出現在他面前。」

「在他愛上你的一瞬間，他就已經把自己的人生交到你手上。」范姜睿臣斜睨他，用看笨蛋一樣的眼神。「除非他不愛了，否則這輩子都是你的。范哲睿，你剛說的理由歸納之後只有三個字——你害怕。」

范哲睿一震，頓了會開口，聲音喑啞、微顫：「快點，再不排隊就買不到了。」

「不去。」

前座的司機大叔終於忍不住開口，轉頭看范姜睿臣：「老闆，我去——」

「不行，你老闆我弟弟買的比較好吃。」

盡忠職守的司機大叔好為難。

范姜睿臣臉色一沉。「我跟你才差一個月。」

「那也是哥哥……范姜，你要是不下車幫我買，我就把你所有的計畫都告訴七叔。」

范姜睿臣臉色不只沉還很黑。「你敢。」

范哲睿拿起手機，另一手食指按在螢幕上，大有「你不買我就 call」的態勢。

活該，誰教他要刺他刺得這麼痛！

※　※　※

晚上八點鐘，多莉甜點鋪準時熄燈，意者明日趁早。

白宗易關了招牌燈，回到收銀檯準備結帳，拿出筆記本打開，看見裡頭夾著勾選甜心草莓糖果凍和莓心莓肺慕斯的訂單。

他先是疑惑自己為什麼夾著這張單，看到背面的內容後才想起。

范哲睿的失憶是假的，想見他，今晚十點，日月千禧，一〇〇六室。

是了，他特意留下是因為這行字，四年前的記憶湧上心頭。

那個排隊來買的人他四年前在醫院見過，推著老人的輪椅在眾人簇擁下經過他眼前。

後來在裡頭看新聞的時候也見過，叫范姜睿臣，汎亞集團第三代接班人。

他習慣追他的新聞，因為有他在的地方就有范哲睿，他會站在這人附近隨時遞資料、送東西或擋開記者。

范哲睿在他身邊似乎是在做特助或祕書之類的工作。

那人說范哲睿的失憶是假的……真的嗎？

就在白宗易揣想時，大門被從外頭推開，白父走進來。

「帳算好了嗎？還沒的話，我來。」知道兒子的狀況，白父經常在這時間過來看他是不是整理好帳目，順便幫忙。

注意到白宗易看著手上的單子念念有詞，他好奇走到兒子身邊，看見內容，吃驚。

「誰給你的消息？」

「范姜睿臣，阿睿的弟弟。他還說阿睿的失憶是假的。」

「你……要去找他嗎？」白父試探地問，雙眉緊皺，表情寫著濃濃的擔憂。

偏偏，在兒子臉上，他只看見思念的情感。

「宗易，范哲睿太複雜了，你放棄好不好？」白父說出自己的憂心。「那樣的家世背景，你跟他又都是男人……這路有多難走，四年前不都親身經歷了嗎？……要是再發生同樣的事──」

白宗易凝視父親一會兒，開口：

「如果媽回來找你，你會怎麼做？」

白父一愣，沒想到會被問及私密的感情事。

「我很想他，真的很想……」白宗易雙手交握，彷彿在忍耐奪門而出去見心上人衝動。「我會開甜點鋪也是為了等他……爸，我店裡賣的都是當初我答應要做給他吃的甜點。」

白父錯愕，沒想到兒子用情這麼深。

「我也不知道自己為什麼會這麼愛，但是……除了他，我誰都不要。」

白父憂心忡忡，兒子太深情，但……「他對你呢？萬一他嫌棄你、覺得你拖累他，不愛了，你怎麼辦？」

父親說出了他的忐忑，是啊……現在的他沒有任何可以照顧范哲睿的條件，但范姜睿臣會給他紙條，是不是暗示事情沒有他以為的那麼糟？阿睿對他還是有感情？

「我只能賭……愛不愛，見了面才會知道。」

白父面色凝重，抓緊兒子手臂的動作說明非常不贊同。「如果我不准——」

「阿睿會殺張騰是為了救我。」白宗易打斷道，回想當時情景仍心有餘悸。「張騰那時候槍口指著我要殺我，我以為我會死，是他救了我。」

「如果不是他，你也不會遇到那種事。」白父堅持。

「沒有那件事，范家不會找人跟我談交易，你也沒辦法及時進行手術。」

「……」白父抓著他的手鬆了些許，氣勢轉弱了大半。「這都什麼跟什麼……」

一筆糊塗帳，怎麼算得清？

「過去發生的那些很多都不是阿睿願意的，複雜的背景讓我跟他的感情沒辦法單純只是兩個人的事。這不是他的錯，我們沒有辦法選擇父母。」白宗易想到什麼笑說：「換個角度想，我們家窮是好事。」

白父皺眉。「太窮了，才讓你跟婧好受苦。」

「你教會我們的才是最貴重的寶物，我跟妹窮得很幸福。」白宗易握住白父雙手。「我們把過去那些不愉快都放下吧，日子是往前走的。」

白父看著歷經這些劫難，不但沒有被打倒，反而更堅強成熟的兒子，身為父親，他感覺無比驕傲。

「既然懂這道理，以後不要因為沒有上大學覺得辜負我的期望、覺得對不起我好嗎？」

這回換白宗易愣住。他以為自己藏得很好，沒想到仍被父親發現。

「你是我的驕傲，兒子，從你出生就是，現在更是。」

「爸……」

白父拍拍他手臂。「去吧，如果你認為你的人生真的非他不可……就去把人帶回來，如果他對你也一樣。」

「謝謝爸！」

白宗易脫下工作圍裙，正要跑，被父親抓住。

「筆記本！手機！」白父提醒。

白宗易在大門前煞車，跑回來拿自己遺忘的東西。「我走了！」像拿著護照要出國的孩子般興奮地燦笑揮手，快跑離開。

白父目遠了一會，嘆氣。

兒子長情是他的錯。與其衣帶漸寬終不悔，他寧可他逢場作戲，花心風流，可惜……

這年頭，對感情認真的都是輸家。

※　※　※

電鈴聲如范姜睿臣所料，在十點前響起。

他打開門，門口站著興奮激動的男人。「你來早了。」

「對不起，可是我……」白宗易說著，眼神一直往裡頭瞟。

饒是笑點極高的范姜睿臣也忍不住莞爾：「我跟范哲睿的感情沒有好到同住一間房，他在一〇〇七。」

范姜睿臣說完，將一〇〇七的房卡給他。「去吧，這時間的他應該很好拐。」

很好拐？

白宗易一臉問號。拿著房卡要往右走。

「一〇〇七在對面。」

「……謝謝。」白宗易往左走。

范姜睿臣抓住他，帶著他走到對面的一〇〇七。

白宗易困窘。「抱歉，我的記憶——」

范姜睿臣打斷他的話，沒給他自暴其短的機會：「開了這個門，你就沒有回頭路了。你確定要開？」

白宗易沒回答，而是拿房卡感應開門，卻在嗶一聲之後被范姜睿臣按住開門的動作。

「你不恨嗎？如果沒有認識范哲睿，你現在應該在醫院實習，準備做醫生，不會是今天這樣子。」

「有人也這樣問過我。」艾迪也曾經這樣問過他。「好像經過這些事，我應該恨阿睿，跟他老死不相往來。」

「正常人都會這樣。你的不幸都是因為認識范哲睿。」

「如果說沒恨是騙人的。」

「果然。」

「我恨那時候的自己能力不足，沒有辦法保護自己、保護他。」

「……你有一顆金子的心，是他配不上你。」

范姜睿臣下了結論。

※　※　※

一〇〇七的房門開了又關。

白宗易看見房裡的人秒懂范姜睿臣為什麼會說很好拐。

一瓶威士忌、兩瓶紅酒……他記得他的酒量很好，但從沒正式拜見過。

醉倒在床上的范哲睿沒發現有人進來房間，大字型躺在床上，一隻手臂壓著眼睛似乎是在遮光。

白宗易走到床邊，發現床頭櫃有自家的蛋糕盒，裡頭的蛋糕早被吃光，蛋糕盒旁邊有兩支手機，其中一支和他現在用的一樣，都是二〇一二年款的老手機。

他不用試，也知道這支老手機設定的鈴聲是什麼。

再看過去，是藥包。

白宗易拿起一看，是鎮定劑。

他急忙拉范哲睿起來，緊張拍他臉頰。「阿睿，醒醒！你沒把鎮定劑跟酒混一起吃吧？阿睿？」

「好吵……」范哲睿掙扎，試圖推開他。「讓我睡……我要去找白宗易……」

白宗易摟他入懷，不解道：「為什麼睡了才能找他？」

「廢話！只有在夢裡……才敢去見他……」范哲睿說完，推開他往床上倒去。

白宗易跟著上床，側躺在他身邊。「阿睿……阿睿？」

范哲睿被拍疼了臉頰，不悅皺眉，被逼得睜開眼睛。「都說不要吵……白宗易？」

混酒加上鎮定劑的效果，范哲睿看見思念多年的情人還以為自己在做夢。「真的是你？」

「是我，阿睿。」白宗易抬手，撫摸他眉眼。「好久不見。」

「你終於又來了……」范哲睿用盡所有力氣抱緊他，語無倫次：「太好了……我又夢見你……」

「你沒做夢，我真的——」

「我好想你……」范哲睿雙手攀上白宗易的脖子，毫無章法地吻著他的臉——額頭、眉心、眼睛、鼻子……最後來到嘴巴，每一次落吻就說一次想他。

他好想他，想他想得痛到骨子裡！

范哲睿吻得脫力，埋進白宗易懷裡痛哭。「對不起、對不起、對不起……」

每一句都泣不成聲，都讓白宗易心疼。

這樣的范哲睿已不需要再問他是不是還愛著自己……

白宗易捧起他哭溼的臉，輕柔抹去他的淚，在他額頭印下又深又重的吻。

「還要。」在白宗易退開結束這吻的時候，哭紅眼的范哲睿額頭往前送，還撞到白宗易下巴。「我還要。」

白宗易依言又重重一吻，范哲睿似是意猶未盡，又送出自己的額頭索吻。

他酒醉都這樣嗎？變成索吻魔？

「你好久沒親我了……」等不到吻，酒醉的范哲睿竟流露孩子般委屈的表情，可愛得讓白宗易立刻俯身送吻。

一方貪心索吻一方大方給予，安撫的親吻很快地變了質，白宗易瘋狂地親吻范哲睿，每一個吻舌尖都探進范哲睿口中最深處，彷彿要將他拆吃入腹。

范哲睿仰起頭承受他的唇舌肆虐，拉扯著他的衣服，想要更親密的肌膚相親。

白宗易騰出雙手幫忙，強烈地想與愛人合為一體的渴望讓他粗暴地拉扯范哲睿的襯衫，脆弱的釦子不堪暴力迸裂脫線，露出白皙單薄的胸膛。

白宗易壓低身子在范哲睿胸前又啃又咬留下屬於他的印記，左手粗暴地揉捏他右邊的乳頭，下一秒張口含住左邊，唇舌同樣粗暴地輾轉碾壓。

還以為自己在做夢的范哲睿珍惜這次的夢境，放開一切，雙手忙碌脫去兩人身上的衣物；很快的，兩人赤裸的身體緊緊相貼，他張開雙腳夾住白宗易腰身，挺起下半身貼合白宗易的，兩人的性器磨磳，催升彼此的渴望。

「進來……快點進來……」

「等一下……」白宗易環視四周看有沒有可供潤滑的東西。

范哲睿等不及了，怕夢境消失的他本能翻身將白宗易壓在身下，一手往後扶住他的性器沉身坐了下去。

沒有開拓潤滑的腸壁忽然迎進無法容許的巨物，劇烈的疼痛驚醒了范哲睿，睜開眼睛俯看身下的人。

夢中的想望化成現實的存在，范哲睿不敢相信！

「你怎麼會在這裡！」他們又什麼時候變成這狀態！

白宗易回想，一片空白。「我忘了。」

明白是短期記憶喪失造成的，范哲睿沒再追問。

「沒關係。」他說，意識到兩人再面會的姿勢尷尬，欲起身卻被白宗易扣住腰身。

「白宗易？」

「對不起……」

什麼？

范哲睿的疑問還沒來得及說出口，白宗易忽然挺腰坐起，雙手由下而上勾起他兩條腿呈M型之後，雙掌扣住他肩頭，往下壓的同時往上頂去。

范哲睿吃痛驚呼的瞬間明白他的歉意何來，配合地摟緊他脖子傾身吻住他的唇。

「不要道歉，我也想……」范哲睿沒空再說話，變換各種角度親吻，他需要轉移注意力讓自己放鬆接納白宗易的全部……

即使痛，他也不想等。

一千六百八十一天，已是極限。

※　※　※

陽光透過窗戶點點灑落在偌大的雙人床上。

奇蹟

年輕的男人摟緊背對他、把臉埋進被子裡熟睡的情人，臉埋在情人外露的頸背，因呼吸裡淨是他的氣息，陷入深沉的睡眠。

被緊摟的人因微熱先醒，看著環抱在自己胸前的手臂，昨天的記憶逐漸回籠。范姜睿臣……范哲睿不用太思考就知道是誰放消息給白宗易。

需要這樣記恨他逼他排隊買蛋糕嗎？

范哲睿嘆了口氣，感受身後男人有轉醒的跡象，因不知如何應對，決定閉上眼睛裝睡。

白宗易醒來，感受懷裡抱著的情人全身赤裸，光滑溫熱的裸背緊貼著他胸腹，他摟緊雙臂，享受更親密的貼觸。

以為范哲睿還在睡的他小心挺起上半身探看他熟睡的模樣，忍不住低頭親吻他耳朵，發現耳朵逐漸泛紅，不是睡著的人會有的反應。

「醒了？」

「……嗯。」

「好久不見。」

這句話說得……「好久不見。」他也只這麼答。

一千多個日子不見，理應最熟悉的兩人也難免覺得彼此陌生，沉默籠罩在兩人之間。

白宗易一手沿著他手臂游走到他的手，掌心貼著他的，十指交扣。「我在裡頭偶爾會在新聞上看到你，你看起來並不快樂，是因為我嗎？」

「過去的一千六百八十一天……」范哲睿艱澀開口：「我每天都忍不住想，如果自己那天遇見你的時候沒有強迫你幫我……」說到最後，語帶哽咽……「如果沒有遇見我，你會過得更好……」

那天若沒有因為好奇少年對十塊錢的執著，就不會有後來的事。

白宗易摟緊他，輕描淡寫道：「在裡頭的日子沒你想像的苦。」

「不要騙我，艾迪才進去不到一年就叫苦連天。」

「他是你安排進去的？」懷裡的男人點頭。

難怪，艾迪會那麼主動接近他，堅持要交朋友。

「那你應該知道我不怪你，還有……」埋進他肩頸深吸口氣。「我有多想你。」

「我知道，但我、我沒臉見你，范家的人也盯得緊。我裝失憶必須裝得徹底……」

「我懂，你有你的難處。」白宗易理解，安撫地來回撫摸懷中人，眼角餘光掃見床頭櫃的藥包，關切問：

「你什麼時候開始吃起鎮定劑的？」

「只是偶爾——」

「說實話。」

「……醒來知道你被判刑後開始……我睡不著，每天晚上夢見你受傷、夢見你在哭……沒有吃藥我睡不著。」

白宗易愛憐地親吻懷中人的頸背，分別的這四年，他們都不好過。

他的身體被囚禁，心卻是自由的，用和他的甜蜜回憶與思念度過那一千多個日子。

他的身體雖然自由，心卻被囚禁，用對他的罪惡感與歉疚凌遲自己一千多個日子。

誰承受的更痛，白宗易無法比較，但心疼他比自己要多些。

「如果你真覺得對不起我，想彌補我……」白宗易一手滑至他腰身收向自己。「就回到我身邊，用一輩子補償我。」

「還不是時候。」

「我可以等。」

懷裡的男人沉默了會，開口：「答應我——」

「好。」不假思索。

范哲睿笑，他什麼都還沒說哩。

白宗易也覺得自己答得太快，尷尬地咳了咳。「你要我答應你什麼？」

「不要走，在這等我。」范哲睿抱緊胸前摟住自己的手臂。「我很快就會解決一切，讓那些人以後不會再來打擾我們……請你等我。」

白宗易憐惜地親吻他的耳骨、他的肩頸，最後輕輕嚙咬頸背，許諾：

「我哪都不會去。」他邊說邊摟緊懷裡的人，恨不得將他揉進自己的身體成為一部分，再也不分離。

這一刻，他覺得自己終於完整。

第十章

奇蹟

接近關店的時間，客人並不多，白宗易用筆電看新聞一邊顧店，也等著先前發訊息說會下臺中的情人。

分心調整蛋糕櫃的他被下一則新聞吸引——

「彩虹旗今天在青島東路飄揚，挺同人士歡聲雷動，就是因為下午四點大法官釋憲出爐，釋字第七四八號解釋認為憲法二十二條保障婚姻自由不分性別，現行民法對一男一女的限制，沒有保障同性婚姻，宣告違憲，立法機關必須在兩年內完成修法，若未修法，同性伴侶也可合法登記結婚，也就是說兩年後臺灣成了全球第二十三、亞洲首國承認同婚合法的國家……」

連記者播報的聲音因興奮顫抖，不難知道現場的氣氛有多 high。

白宗易看新聞邊記筆記，他想起過去和范哲睿參加聲援活動的事。

當時只是個希望，沒想到希望成真。

沒有什麼是不能改變的，五年的時間過去，越來越多人接受愛情是兩個人之間最純粹的感情交流，不分性別、無論是否一男一女。

兩年後，他跟范哲睿就可以結婚……

白宗易想了想，拿出上禮拜和范哲睿一起去換的新款手機，在 Google 搜尋引擎裡輸入關鍵字。

人的確可以改變很多事，但有些還是很難改變，好比——

白宗易對 Google 的依賴程度。

※　※　※

拜范姜睿臣將臺中的收購計畫全權交給他負責之賜，范哲睿最近一個月過著臺北臺中兩地跑的忙碌生活。

但他甘之如飴，這個併購案給他最好的理由，暗渡陳倉來找白宗易而不被那些老人們發現，所以累得像狗也要對范姜睿臣致上十二萬分的謝意。

不得不說，那傢伙真的很擅長揣測人心，彷彿有預知能力般，可以看穿老人家們下一步棋，超前部署，他們輸給他並不冤。

范哲睿揣想范姜睿臣下步棋的同時也停好車，下車要走去甜點鋪時聽見有人叫他，回頭一看，路燈清楚照出對方的模樣，范哲睿大驚。

「白、白叔叔……」自信從容的男人立馬變成做錯事的小男孩，手足無措，恭敬忐忑地朝白父點頭致意。

「來找宗易？」

「是……不是……是……」抓不準白父對自己的態度，范哲睿答得坑坑疤疤。

兩人重新交往，因為於心有愧，他始終迴避白父和白婧妤的話題，也不敢問他們對兩人又在一起這事的看法，擔心這問題會讓他為難；也因此，每當白宗易邀他去他家，他都想辦法找理由婉拒，害怕見面時的指責。

他還沒做好心理準備面對白家人的責難，更怕白宗易夾在中間左右為難，儘管他再三保證家人都尊重他的選擇，說白婧妤很想見他仍無法鼓起勇氣。

白父失笑：「到底是不是來找宗易？」

「……是。」

「那我就不過去了。」老人家很識趣，不當兩人的電燈泡。「他要是算完帳，幫他看看。」說完，轉身離開。

范哲睿錯愕。

沒有責備？沒有反對？怎麼會？

「白叔叔！」

白父停步，轉身看他。

「我真的可以嗎？待在他身邊？」范哲睿鼓起勇氣詢問，他不想再看見白宗易邀他回家被他婉拒後努力掩飾的失望。「我真的可以嗎？」

白父看著神情忐忑的范哲睿。「你愛他嗎？」

「愛。」不假思索。

「那就夠了。」見范哲睿囁嚅又一臉為難，似乎還有話要說又不知道怎麼開口似的，白父搶先開口：「宗易問過我，如果他母親說要回來，我會怎麼做……我想了很久，得到的是我會開門迎接她回來這個很不聰明、很傻的答案……」

白父自嘲一笑。「人一輩子至少要傻一次，有人傻在事業、有人傻在感情，當然，有人可能傻不只一次……宗易跟我很像，都傻在感情……」

范哲睿聞言，自責得無法抬頭，向白父鞠躬。

「對不起，白叔叔，讓宗易因為我──」

「不要道歉。」白父打斷范哲睿的話，拍直他的背。「站好。」

范哲睿站挺，受寵若驚地看著白父。

「最有資格怪你的是他。如果他選擇的放下過去和你在一起，你就應該抬頭挺胸，理直氣壯，才對得起他的放下。」白父誠懇道。

知道兒子追回心上人，他一則以喜，一則以憂。

喜的是兒子的痴情沒有被辜負，憂的是兩人在一起後可能衍生的風波。

他真的不懂豪門的爾虞我詐，那些人有錢了怎麼就不能好好過日子呢？

白父感慨，回頭看向范哲睿，後者眼眶微紅。

「既然宗易選擇了你，我也會試著……」白父望著因愧疚和感動熱淚盈眶的范哲睿，努力揚笑，雖然藏不了生澀的尷尬卻誠意十足，繼續未完的話：「把你當成我另一個兒子。」

范哲睿瞪大眼，不敢相信地看著白父，後者出他意料之外地開口續道：

「收店之後，跟宗易一起回家吧，我會準備兩人份的宵夜，等你們回家。」

回家……白父的話逼得范哲睿哽咽。

「回答呢？」

「好……我跟宗易說，一起……一起回、回家。」他緊張又哽咽，頻頻結巴。

白父被他慌張結巴的模樣逗笑，說到底，也才二十七歲的半大孩子啊。

「你們倆以後會越來越好的。」一句話，飽含憐惜與祝福，逼出范哲睿的淚。

他應該要成熟、從容應對的，但他……

「怎麼哭了……」白父驚訝，掏口袋連半張衛生紙都沒有。「你別哭啊……」

「對不起……謝謝……」范哲睿抽泣地說，眼淚一滴接著一滴，像潰堤似的，止都止不住。「對不起……」

從沒想過也不敢想，無數個夜晚他因為想知道白宗易過得好不好，開著不起眼的車到白家，偷偷躲在外頭窺探，看著他們一家和樂的幸福模樣。

他從沒想過，那樣讓人羨慕的幸福會有自己一份……

※　※　※

「我爸那樣說了啊……」

廚房內，白宗易拿開范哲睿眼睛上的冰塊仔細打量。「沒剛那麼腫了。」

坐在凳子上的范哲睿垂眸，快三十的男人哭成這樣，有點不好意思。

「等一下。」白宗易托起他的臉，雙手捧著他臉頰用拇指和食指在他眼窩處按摩。「按一下消得比較快。」

范哲睿順從地仰著臉，閉眼任他施為。

白宗易俯看范哲睿仰起的臉，忍不住彎腰親吻他閉起的眼，有點冰。

范哲睿訝異睜眼。「別鬧了。」

「兩年後，我們結婚吧。」

「蛤？」為什麼話題忽然跳到這裡？

「剛看到一則新聞，說什麼釋字七四八……」白宗易拿出筆記本翻到新抄寫的一頁。「兩年之後，同性伴侶可以到戶政事務所登記結婚，擁有夫妻關係。」他說，遞給他看。

范哲睿想起。「你記不記得我們以前遇到——」

「我記得，我看到新聞的時候也想起那件事。」

「那兩個女孩一定很開心。她們的希望成真了。」

「我們也是。」

范哲睿一愣，看見白宗易忽然單膝著地，雙手抓著他的，神情端肅誠懇道：

「從今以後，無論環境是好是壞……」

范哲睿瞪大眼，看著白宗易繼續背誦：

「……無論順境或逆境，富裕或貧窮……」慎重的立誓在關鍵時刻被迫踩下煞車。

該死，富裕或貧窮之後是什麼？

「等我一下，我一定會想起來。」白宗易有點慌。

可惡，他應該在掌心做小抄。這麼好的氣氛被他兩光的記憶力毀掉大半，白宗易後悔懊惱到想挖個洞把自己埋起來。

苦思到最後還是一片空白，想浪漫求婚的男人憋屈地皺眉，神情羞窘。

要是拿手機出來 Google，范哲睿會不會生氣？他記得以前說到 Google 他就翻白眼。

正當他焦急得不知如何是好的時候，清朗的聲音幫他接續，一字字清晰道出：

「健康或疾病……」

這個男人還想讓他多心疼？范哲睿俯視抬頭訝看自己的白宗易。

「快樂或憂愁……」

如果六年前他沒有賴上他就不會有那麼多糾纏，也不會發生那麼多事，那個對人生早有規劃，按部就班、循序漸進的少年早就飛黃騰達，就像他說的，成為名醫賺大錢，回臺中蓋透天厝，確保父親和妹妹的生活無虞，之後在臺北再拚一幢房子，和他一起住……

「成功或失敗……」

他的人生藍圖如此美好，卻盡數毀在他手上。

饒是如此，這男人依然愛他，就算是在他假裝忘記他的時候……

在速食愛情當道、感情要求你來我往公平互惠的現在，誰會蠢笨地堅守一份不知道能不能實現的愛情？

這樣的男人、這樣的一份感情，怎麼能錯過、怎麼能放手！

這個男人只能是他的！

范哲睿握緊白宗易的手，完成最後的誓言，一字一句發自肺腑：

「我都會永遠愛著你、珍惜你，對你忠實，直到此生終了。」范哲睿說完，眼眶泛紅，被自己的心意感動，也被一分鐘前起頭的男人感動。「白宗易，我愛你。」

「你……」白宗易傻了，完全沒想過范哲睿會完整這份誓言，他沒記住的部分，他都補全了！

在白宗易的愣視下，范哲睿掬起他左手，學當年的他，咬他左手無名指的指根處，留下深紅的咬痕，鈍痛與麻癢從指根順著血液流向心臟，匯集成無法抑制的心跳加速，呼咚作響，連范哲睿都聽得見。

「你記不住的我會補齊，你忘記的我會提醒，你的筆記本……」范哲睿拿起剛才被白宗易放在一旁的筆記本。「以後我們一起寫，好不好？」

感動得找不回聲音的男人決定用身體回答，起身同時拉起范哲睿，低頭吻上說出那麼多甜言蜜語、害他失聲的脣。

一切美好得就像夢，需要確切的證據證明它存在。

※　※　※

平復最初被襲吻的驚訝，范哲睿左手按上白宗易後頸施壓，堵絕兩人間任何可能的縫隙，親密相擁的兩人輾轉著頭部嘗試不同角度親吻，試圖找出最適合的角度，還沒找到答案，需索無度的親吻升高烘焙廚房裡的溫度。

白宗易含住范哲睿的脣反覆吸吮、啃咬、輾壓，指節分明且有力的雙手拉扯開范哲睿的襯衫，露出白玉般的上身，四處遊走、按捻揉壓，最後一手流連在懷中人纖瘦的腰身，一手繞到後臀，隔著布料大力揉捏他臀部，按壓繃緊的肌肉，灼熱且疼痛的感官刺激逼出懷中人悶哼的呻吟。

范哲睿靈活的舌纏住白宗易的，在吸吮吞吐間齒關輕咬磨蹭，吞嚥所有呼吸與津液，右手沿著男人寬肩、厚實的胸膛、腰肢到胯下，隔著圍裙磨磳頂著他掌心的灼熱，存心逼瘋失控的男人。

范哲睿親吻白宗易耳側，低吟邀請：「我們……去休息室……」

第一次，范哲睿在白宗易工作的地方主動求歡。

早知道結婚誓詞會讓他這麼激動，他早就錄音天天播給他聽，白宗易心想。

被邀請的男人沒有轉換陣地的餘裕，長臂一揮，掃開料理檯上的器皿，雙手掐抱范哲睿的腰身，將人推抱上檯面，用身體分開他雙腿，將人頂壓在冰冷的不鏽鋼鐵色檯面，就地正法的態勢讓范哲睿心驚。

「你不會是想在這……」提問聲被吻消音，男人俐落地扯下礙事的長褲，只留下敞開的襯衫繼續它若隱若現的挑逗。

范哲睿心慌，雙手扣住白宗易結實的肩膀施力推開，下一秒鐘被拉到頭頂交叉扣住。

「不行……啊！」范哲睿因激情變得硬挺且敏感的乳尖被男人含進炙熱溼潤的嘴輕咬、吸吮，掙扎的語句化成呻吟，大腿根部傳來被愛撫的麻癢。

范哲睿本能想夾緊腿磨蹭止癢，卻把白宗易夾得更貼近自己，腿根處明顯感覺到勃發堅硬的性器，抵在他赤裸的雙腿間。

「我等不及了。」白宗易啞聲道，收回箝制范哲睿雙手的大掌。

「你忍一下……」腦袋發熱的范哲睿渾沌不解，雙肘抵在檯面撐起自己上半身，就看見白宗易伸手拿來等退冰的無鹽奶油，捏起一小撮。

瞬間清醒、腦中警鈴大作。

「白宗易，那是做蛋糕的——啊！」冰冷的固態奶油隨著白宗易的手指推入緊綳的身體，敏感的腸壁瞬間感覺到奶油的形狀以及它逐漸融化的過程。

范哲睿的體溫和白宗易在他體內抽插的修長手指厥功至偉。

白宗易沙啞著聲音，呢喃歉意：「對不起，我忍不住了……」

話出口的同時，扣著范哲睿右腿的手往自己的方向一拉，身子同時一沉向前，將自己頂進范哲睿不及防備的身體。

范哲睿呼吸瞬間一窒，微張的嘴吸不進氧氣，雙眼大睜看著眼前的男人。

片刻才找回聲音：「混帳……我不是蛋糕……」

白宗易回應他的是一記強而有力的無預警推進，隨即展開一連串毫無間斷的猛攻，逼出范哲睿難受卻也痛快的吟哦。

推進的同時，白宗易不忘套弄范哲睿挺起的下身，時而加重力道箝制。他記得，只要他用力握住這敏感的小東西，范哲睿包裹他的身體也會跟著收緊帶來另一波歡愉。

但這只是開始。白宗易俯身舔吻無力設防的身體，啃咬泛紅的乳尖，直到它呈現如醃製櫻桃般的豔紅，才甘願轉戰另一顆，如法炮製。

他不是蛋糕，卻是他唯一的甜點，只有在他身上，他才能嘗到甜味，從內心深處湧上、像蜂蜜般芳香細膩的甜味。

范哲睿雙手環住白宗易的脖子，右手撥弄白宗易纏在他指間的髮尾，吻上他的唇，看著在自己身上賣力耕耘又陶醉其中無法自拔的男人，覺得感動也有一絲好笑。

「你完了嗯……弄成這樣嗯……明天、明天看你怎、怎麼做、做蛋糕哈啊……」

白玉般的身體很快地在激情的攻略下浮現誘人的瑰色，妖冶身下冰冷的不鏽鋼板，勾引出男人更強烈的慾望，加快推進的頻率與力道。

「那是後天的事……」

范哲睿有種不祥的預感。「你該不會想在這裡混一天……」腦袋忽然運轉了下，想起。「白叔叔等我們吃宵夜……啊！」

男人微翹的慾望刮搔過范哲睿敏感的腸壁，抽送出顫慄的呻吟。

「你餓嗎？」慾望打亂白宗易的記憶，只記得他說吃。「我下午做了幾款蛋糕想讓你試吃，我們可以花一整天研究怎麼吃。」

范哲睿翻白眼，「還能怎麼吃，當然是用嘴唔啊……」身上的男人突然加快速度，激烈的肉搏聲讓人臉紅。

「……你慢一點……哈啊……不要那麼快……求你……」

范哲睿討好求饒，換來白宗易變本加厲的抽送，毫無保留地衝刺了十幾下後突然抽離。

范哲睿還來不及反應，就感到一陣天旋地轉，發現自己趴在料理檯上，男人站在他身後。

「不要啊……」白宗易按住他的背猛力一撞，長驅直入到體內最深處，接著又是毫無節制的律動，力道之大，連料理檯都隨之微震，擺放在上面還沒被白宗易掃落的器具時而碰撞，點綴兩人混著水聲的肉搏聲響。

「不要了……我受不了，真的受不了嗯……」范哲睿在呻吟之間哀求討饒，按著微脹的下腹，感覺自己五臟六腑快被白宗易攪亂成一團，眼角激出熱淚。

他剛哪句話刺激到他了？范哲睿真心不懂，覺得自己被啃食得好冤。

就在這時，身後的男人趴俯下來，減緩頂撞的力度，丟出媲美核彈威力的解答：

「哪張嘴吃，我們明天討論。」

范哲睿倒抽口氣，用盡最後的力氣挺身想逃離被壓得更緊，緊接而來的撞擊更快更猛更急，被撞麻的腰臀傳來彷彿千萬隻螞蟻攀咬的麻癢。

老天！他是不是不小心開啟了白宗易不為人知的外掛？

※ ※ ※

從今以後，無論環境是好是壞，無論順境或逆境，富裕或貧窮、健康或疾病、快樂或憂愁、成功或失敗……

我都會永遠愛著你、珍惜你，對你忠實，直到此生終了……

手機播放稍早在激情中強迫愛人錄製的結婚誓言，白宗易一句句重複背誦，彷彿這樣就能牢牢記住，深深刻進骨子裡。

回過神又聽完一輪，白宗易繼續再一次回放。

一隻手從白宗易身後攀過他身側搶下手機，阻止某人可能徹夜回放的瘋狂。

「睡覺。」催促夾帶濃濃的睡意，聲音的主人似是在半夢半醒之間。

「再聽一次就睡。」白宗易堅持。

身後人也同樣固執，抓住他手一拉，白宗易不得不翻身面對被自己整治得很疲憊，還被吵得無法舒眠的情人。

微腫的桃花眼底下淡淡的眼圈讓他深刻反省，但問他還會不會有下次……

嗯，不好說。

累得無法睜開眼睛，范哲睿憑著本能一手鑽進白宗易的肩頸和床墊之間，一手托著他腦袋兜進自己肩窩主動當他的枕，之後沿著頸線滑過側腰至腰背，將男人摟進自己懷裡，動作自然流暢得彷彿做了無數次。

「乖，快睡。」睡得迷糊的輕哄呢喃伴隨背脊有節奏的輕拍，充盈濃厚的疼惜。

范哲睿絕對想不到自己意識不清的疼惜舉措會催逼出白宗易的淚。

儲存在長期記憶區裡有一大段他這樣摟著他睡覺的記憶。

奇蹟

其中，白宗易印象最深刻的，是范哲睿惦記著他怕打雷，頂著颱風豪雨，不顧危險來找他的那次。

那時的范哲睿全身溼透、模樣狼狽，卻是他眼中最帥也最美的風景……

也是從那天起，他決定這輩子要跟這個男人在一起。

白宗易摟緊環抱自己的男人，鑽進他為他圈起的世界，一如過去雷雨交加的夜晚。

雖然，未來的日子裡，他不時會忘記現在一起度過的片段記憶；但他說了，會幫他記住、隨時提醒……

能被喜歡的人喜歡，是一種奇蹟。

能被喜歡的人如此深愛更是！

這份奇蹟，不外求於神賜予恩典，而是源於兩顆相知相守的心。

就算可能遺忘，也會因愛再度想起。

番外篇 1　那一夜看見我老哥

細碎的倒水聲打破寂靜的深夜。

輾轉難眠的范哲睿就著廚房微弱的燈光看水杯，直到八分滿才停下。

和白宗易交往後，這是他第一次獨眠，發現自己竟然……會、認、床！

數羊數到九九九依然清醒，范哲睿決定放棄，不是每個老方法都能陪人類走過新時代，他認命接受自己無法獨眠的事實。

端著水杯走進客廳落地窗前，入眼所及是信義區的繁華夜景，腳下霓虹閃爍，風景依舊，因為今天多了人氣不再充滿寂寥。

「我第一次讓人進這屋子。」范哲睿看著落地窗說著。因深更夜幕，落地窗像鏡子照出逐漸接近他的人影。

白宗易從後頭摟住他，下巴放在他肩膀。「還在加班？」

范哲睿轉頭白他一眼。「不那樣說，你爸怎麼會願意留下來，我是在幫你省錢，

ＯＫ？」

「我知道。」白宗易收緊雙臂。正因為知道，窩心的同時又感到自卑。「我以後一定會賺大錢，買一間比這裡更大的房子，我們一起住，永遠在一起。」

簡單不過的話熨暖范哲睿的心，雖然離白宗易說的未來仍然遙遠，但他已經開始期待。「不要給自己太大壓力。我們有的是時間，在一起的時間還很長。」

白宗易點頭，但心裡並不這麼想。

每天都想快一點長大、快一點獨立、快一點有成就，成為照顧他的人。偏偏范哲睿就像洋蔥一樣，每剝開一層就會發現還有另一層，帶給他的常常不是驚喜，而是驚嚇。

「為什麼喜歡我？」白宗易忍不住將藏在心裡許久又不敢面對的疑問說出口。「我相信喜歡你的人一定很多，為什麼……你選擇我？」

「我也想知道。也許是因為……你最年輕。」范哲睿逗弄地說，因為沒開燈，夜色遮掩下，沒發現白宗易失落的表情，繼續道：「卻早熟得讓人擔心……」

失落被范哲睿接下來的話打散，白宗易心口緊張提起，等待下文。

「雖然你可能不需要別人但我就是忍不住……」范哲睿話到一半，忽然笑出聲。

「笑什麼？」

「還好你怕打雷，這樣我還有一點用處——」

「不只一點。」白宗易打斷他的話，脣輕觸他外露的肩頸，呢喃：「只有你知道這件事。」

低沉微啞的聲音像絲絨般鑽進范哲睿耳裡，彷彿電流，瞬間刺得他渾身一震，連帶不知何時悄悄鑽進他衣服底下撫摸的手。

「白、白宗易，別鬧。」范哲睿抓住作怪的狼手，拉出來，將杯子交給他。「拿好。喝完水去睡覺。」

白宗易就著夜色，委屈地看他。「……我睡不著。」

「不要跟我說你認床，都幾歲人——」

「我認你。」

范哲睿瞬間失語……來個人想辦法塞住他那張嘴行嗎？「你可以再肉麻一點。」

「你敢說失眠不是因為沒有我。」

「……乖，多喝水，少說話。」

白宗易乖乖喝水，范哲睿則趁機要回書房，免得接下來兩人不小心擦槍走火，沒想到白宗易忽然拉住他扯進懷裡。

「白……唔！」一吻乍臨，伴隨帶著溫度的水，范哲睿驚訝之下吞進白宗易餵食的水，也吞進順勢鑽入的舌。「嗯……」

白宗易用盡全力狠吻懷裡的人，一會兒才鬆開，在范哲睿惱瞪的視線下解釋：「你忘了晚安吻。」

范哲睿忍俊不住，低聲笑：「神經。」

白宗易再次將人摟進懷裡，跟著低笑。

細碎的笑語在夜色中擴散開來，留下淡淡的餘音繞樑在兩人心中。

過於專注彼此的兩人沒注意到浴室那方向細微的異動——

白婧妤摀著嘴蹲在地上，盡力縮小自己深怕被發現。

老天！她看見了什麼！她老哥竟然……

深吸口氣，白婧妤屏息悄悄探頭再看——

落地窗前的兩人額頭貼額頭悄聲說著什麼，互擁的手圈起屬於他們的世界，襯著霓虹與星空交織的夜幕，美得像幅畫，讓人捨不得移目，幸福得讓人只想沉溺其中無法思考。

白婧妤看得入迷，莫名的，鼻頭微酸，眼眶微熱。

媽媽離開的那天下午，她印象不深，只記得哥哥抱著她、叫她不要怕。

明明自己也還小，卻為她擋去所有暴力，保護她、不讓她受傷……這樣的哥哥，終於有人疼、有人愛、有人可以撒嬌、可以依賴……

真的太好了！

白婧妤摀緊嘴巴，任淚盈眶，不讓自己發出一點聲音破壞此刻兩人寧靜的美好。

番外篇2　在衣櫃發現我老弟

「這個程式寫完，我就結束臺北的工作，直接去臺中了。」

范哲睿十指健步如飛敲鍵盤，輸入一行又一行複雜的程式碼，還能一心二用，和身邊的人說話，彷彿寫程式對他來說就像玩線上遊戲一般輕鬆。

范姜睿臣站在范哲睿身邊，微瞇著眼看螢幕上的程式碼，邊說：「我已經交代下去，臺中那邊的公司由你全權代理。」

敲鍵盤的手一頓，轉頭看他。「你不怕我做得太好？」

「做不好交給你幹麼？」

「萬一搶了你鋒頭……」

范姜睿臣冷笑：「你做得再好，也是汎亞底下的子公司。但如果你想老太爺更看重你，儘管表現。」

「不用了。」他最不需要的就是范家人關愛的眼神。

「那就安分點，何況……」范姜睿臣沉默了一會，開口：「你能力再強也接不了班。」

這話就讓人生氣了。「如果我認真搶──」

「結果不變。」范姜睿臣打斷他的話：「我是范姜兩家公認的接班人，從一出生就決定好的事。你再強也只能在我腳下，這就是階級。」

「你的意思是……我裝不裝笨、藏不藏拙對你來說……」

「都沒差。」范姜睿臣看他的淡眸多了一丁點的同情和很多點的嘲弄。

范哲睿秒懂。

天下本無事，庸人自擾之──

是他母親杞人憂天、庸人自擾，怕被人說她後母虐待前妻留下的兒子，逼他不能表現得比弟弟好、不能出鋒頭；一有什麼事，無論對錯，先打罵他給別人看，以示她沒有護短的慈愛……這不是范姜睿臣的問題。

至於他自己……

是他面對母親的壓迫選擇接受直到受不了逃避，離家出走、加入幫派發洩內心的怨懟，這也跟范姜睿臣一點關係都沒有，但……

受。

就是聽起來刺耳，感覺他這老弟像個世外高人，冷眼俯看庸碌眾生作繭自縛找罪

「庸人」心裡不好受。「我可以揍你一頓嗎？」

「打得過？」

「五五波。」識相如范哲睿選擇plan B，注意力回到工作上，邊打字邊隨口道：「好吧，那我詛咒你愛上男人。」說完，不忘附帶惡意一笑。

幼稚。「不需要你詛咒。」

「我知道，純粹就是嘴炮……」鍵盤上遊走的手因會意乍停，范哲睿不敢相信地瞪著忽然走出櫃子的弟弟。「真的假的？」

范姜睿臣很惡劣地勾唇一笑：「你猜。」說完，邁開長腿要離開。

范哲睿椅子一蹬，連人帶椅滑到門口當門神，站起身盯緊自家老弟。「誰？」

「跟你無關。」

「我認識，否則你不會不說。」

「我沒你這麼愛炫耀。」

「藏起來不想讓人看見……我肯定認識。」范哲睿推敲。「老太爺會瘋掉的。」

連他和白宗易的事都阻止了，更何況是自己最重視、最栽培的孫子、范姜兩家最寄予重望的接班人？老頭子要是知道肯定氣瘋。他——好期待。

「也是。」范姜睿臣難得贊同，挑了下眉。「這樣吧，你找個女人結婚——」

「不可能！」范哲睿立刻打斷，拉出串著訂婚戒的項鍊，得意的模樣很欠揍。「我有人了。你……不會還在追求階段吧？」

范姜睿臣淡漠的神情一凝，眉間本能地微起皺摺。

瞬間的異動，就是破綻。

至少，對范哲睿來說。「暗戀！……不會吧，這麼純情……喂！」

范姜睿臣將哥哥按回椅子上，連人帶椅推到一邊，開門離去。

「加油，老弟！要幸福啊！」范哲睿對著關上的門喊道。

門外，范姜睿臣惱沉了口氣，想起藏在心裡的那個人，扯脣一笑，毫無情緒的木然表情流露冬雪春融的溫煦暖意，勾人而不自知。

門內，范哲睿忽然想到什麼，一臉「糟糕了」的表情嘀咕道：「完了，我跟他都是，老太爺那邊……不會要老爸跟老媽再拚一個吧？」

范哲睿托腮，認真思考父親再現雄風、母親老蚌生珠的可能性。

奇蹟

特別篇　我們

范哲睿抵達桃園機場，辦完入境後，就將領行李等瑣碎小事交給部屬，逕自走出機場，坐上預約好的接送專車。

「麻煩快一點，謝謝。」

三個禮拜、二十一天，他遷居臺中後第一次跟白宗易分開這麼久，從抵達就開始倒數回家的時間，每天晚上視訊，就怕因為外傷導致記憶障礙的白宗易忘記他們已經重新在一起，雖然已經同居半年，白宗易還是常常忘記這件事，跑回原來的家。

這次，他會在他們的家？還是老家呢？范哲睿惡趣味地想，不打算找電話提醒白宗易，因為白宗易發現自己回錯家的晚上，都會因為罪惡感任他予取予求……

如果今天又跑錯棚，他想……范哲睿想著想著，自顧自低笑出聲。

怪怪的……前頭的司機從後照鏡瞄到後座客人詭異的笑容，心裡發毛，忍不住嚥了嚥口水，壓抑心裡的不安。

「再快一點。」

「是！」油門踩到底。

「不要超速，安全第一。」

「是！」人客，不覺得很矛盾嗎？

沒發現自己的指令惹運將大哥腹誹，范哲睿低頭，從口袋拿出一個首飾盒，打開看著裡頭舵與錨的鋼製對鍊，會心一笑。

被精品店展示窗前的對戒吸引，本來想買下，但想到白宗易的工作不方便戴，他請店家就原來的設計理念改成對鍊，想給他一個驚喜。

十四天的夜晚，因為身邊少了個他，總會在半夜醒來，確定是在飯店房間、確定兩人重新在一起不是夢之後，才能安心回頭補眠。

四年，一千六百八十一天的失去、一千六百八十一個靠鎮定劑和酒精的夜晚，至今仍心有餘悸，習慣在半夜醒來確認他人就躺在自己身邊，才能安心。

白宗易也知道，剛開始為了戒藥、戒酒，總是抱著他睡，後來就算忘記原因，身體已經養成習慣。

從桃園機場到臺中市中心，Google 地圖上一個小時四十三分的路程，在范哲睿的催促下，硬是減少三十分鐘。

「我回來了。」范哲睿打開家門進屋——

果然，空無一人。他出發前說他回來那天會提早收店回家的男人還沒到家。

范哲睿不急著找人，進房後將首飾盒放在自己睡的這側床頭櫃抽屜，發現白宗易用來記事的小冊子靜靜地躺在床上。

「難怪還沒回來。」少了這本冊子，白宗易就像少了一半的記憶。

范哲睿失笑，拿起小冊子想看這兩周情人的生活點滴，隨意翻開，不由自主心跳加快。

阿睿，今天是你離開的第六天，我做了新的草莓派，試賣的反應很好，等你回來再做給你吃……今天婧妤和巷口王伯伯兒子又吵起來了……

……范哲睿忍不住翻回他離開的第一天，先入目的，是他留下的道別便利貼。

阿睿，起床沒看見你，我以為我不小心跑到別人家裡，看到床頭我們的合照還有你留下的字條，覺得安心。

你說難得醒來看我還在睡，所以留字條告訴我，要我等你回家。

我想起來為什麼要堅持比你早起，趁我記得的時候記下來，提醒自己。

早起是為了先看見你，確認你已經回到我身邊，可以讓我安心……

阿睿，我想你了。

范哲睿定住，緩緩坐在床邊，忍不住繼續翻到下一頁——

阿睿，今天是你離開的第二天。

還是不習慣醒來的時候沒看到你，早餐我在樓下的美而美解決，你知道，沒有你，家裡的廚房只是擺設……

阿睿，你離開的第三天，臺中難得下大雨，店裡的生意平平，讓我有更多時間可以想做新款的草莓甜點，等你回來給你驚喜……

這傢伙……不會把小冊子當成他，跟他說話吧？

范哲睿忽然覺得一種甜蜜又酸澀的感受從心底湧上喉間，逼得他喉嚨乾澀、鼻間發酸，酸澀衝到眼睛，因刺痛泛紅、因淚水氤氳。

他強迫自己看下去，看自己不在的三周，白宗易每一天是怎麼過的。

阿睿，第四天了，雖然每天晚上跟你視訊的時候我都很高興的樣子，但其實我並不開心，看得見你卻碰不著……反而更覺得寂寞，婧妤說我就像是看著水族箱裡的貓，想吃裡頭的魚，可惜怕水。

我不怕水，只怕會突然忘記找你的路。

偶爾，我會難過自己得了記憶障礙，讓我記不全和你的每件事；但更多的時候，我慶幸還記得受傷前我跟你的事……

看到這裡，范哲睿單手抹去流出的淚，深吸口氣壓抑情緒，才能繼續看下去。

第五天、第六天、第七天……每一天都是「阿睿」開頭，「阿睿，我想你了」結尾，這個男人把他放在第一位，從以前到現在都是這樣……

翻到昨天，第二十一天，他終於知道為什麼這本冊子放在床上。

已經寫到最後一頁，帶在身邊也不能記事……

他的對鍊擺在白宗易的小冊子面前，微不足道得可笑。

就在這時，房門打開，白宗易訝異看他。

白宗易話還沒說完就被撲上前的人推按在門板，用力吻住打招呼的唇；雖然困惑，但想念的人投懷送抱，不回應就不是男人。疑惑的眸因被燃起的慾望變沉，連同呼吸因親吻急促。

「你不是明天才回——」

范哲睿品嘗白宗易嘴裡草莓、蘭姆酒和淡淡的薄荷味，摟住他的腰將人往床上帶。

白宗易膝蓋後彎抵到床邊，曲膝坐躺到床上，看著范哲睿單膝跪在他雙腿間，居高臨下俯看自己。

看來他又記錯日子了……「回來了。」白宗易問，手輕輕撫摸快一個月沒見的愛人。

「嗯，我回來了。」范哲睿輕捏白宗易的下巴，視線從額頭、眉眼，一寸寸仔細掃過。

奇蹟

二十一天又二十個小時沒見，很想。

白宗易雙手勾抱住范哲睿的脖子和腰身，按到自己身上。「吃飯沒？」

「還沒，你呢？」

「也還沒但是……不太想吃，你呢？」

「我也是，我想先吃你……」范哲睿的唇幾乎碰上白宗易的，親暱地說著話。

白宗易一笑。「好巧，我也是。」

「下次出差，把你打包帶走好不好？」

「好……」肯允的字終結在兩人交纏的嘴唇。

白宗易動手扯開身上人的領帶、襯衫第一顆鈕釦……范哲睿則伸手探進身下人的T恤，摸上對方精實的腰線，兩人的動作一致，緩慢的速度也有默契地逐漸加快，最後激動地拉扯起來，愛撫因渴望而焦慮，因焦慮而暴力，兩人聽見布料被撕扯開來的聲音。無法停止，他們分開了二十一天又二十個小時……

※　※　※

翌日清晨，白宗易睜開眼就看見側躺他懷裡仍在熟睡的愛人，揚起滿足的笑。

白宗易伸手觸摸臉上猶帶倦色的范哲睿，沿著頸側線條探入床被下赤裸的身體，細細感受掌下光滑的肌膚，偶爾會摸到凹凸的傷疤，愛憐地磨蹭幾下。

忙碌了好一會，確認有幫他做好清理，白宗易才甘願下床。

啪！小冊子掉落地發出輕響。

白宗易撿起，習慣地翻開，隨意看了眼，定睛錯愕——

我也想你，宗易。

白宗易翻過等待的每一天，每一句「阿睿，我想你了」後面都被范哲睿追加了這句話，直到最後一頁的第二十一天，在封面內側，不只是范哲睿的回應，還有他留下、讓白宗易感動得鼻酸眼熱的話——

決定了，以後你都要陪我出差！

有你的地方就是我的家。

只要回到你身邊，就是回到屬於我們的家。

奇蹟

後記

致阡陌：

二〇二一年，我實現承諾回到小說的世界，《奇蹟》的小說版問世。

二〇二三年，小說改版付梓同時，影視化的戲劇作品、漫畫改編的作品也準備與大家見面。

未來，還有更多的可能，用不同的方式述說關於愛、關於奇蹟的故事。

兩年前，沒有想過真的能走到這裡。

是妳吧，冥冥之中牽引這一切，讓我走出純創作的一方天地，探索另一個領域，接觸更多我未知、好奇，甚至是沒想過的世界。

一路走來的過程中，我認識許多新朋友，幫助我、引導我，帶領我看見不同的風景，領悟不同的思維。

曾與妳分享的故事還有很多，未來，我會繼續書寫，努力實現那些尚未開始仍待接續的故事——

這是我能留下的，關於我們的記憶。誰叫我們相聚的每一刻，總是在聊故事、聊遊戲、聊創作，就算走到最後……

病痛從未剝奪妳對故事、對創作、對催我稿的熱忱。

《奇蹟》決定改版時，淳編問我要不要寫一篇新的後記。

我說我要。

想在後記裡告訴妳這個故事如今的發展。

想讓妳知道，走到今時今刻的，我的改變。

想讓買書的朋友們知道，《奇蹟》這個故事源自一個承諾，而這個承諾的故事牽引出更多出乎意料的奇蹟。

想讓大家知道，奇蹟不是等來的，是可以透過努力創造的。

無論是在故事裡，或在真實的人生。

共勉之。

奇蹟

作　　者／林珮瑜
執 行 長／陳君平
榮譽發行人／黃鎮隆
協　　理／洪琇菁
總 編 輯／呂尚燁
執行編輯／丁玉霈
美術監製／沙雲佩
美術編輯／李政儀
國際版權／黃令歡、高子甯
文字校對／施亞蒨
內文排版／謝青秀

國家圖書館出版品預行編目資料

奇蹟 / 林珮瑜作 . -- 2 版 . -- 臺北市 : 城邦文化事業股份有限公司尖端出版 : 英屬蓋曼群島商家庭傳媒股份有限公司城邦分公司發行 , 2023. 08
面 ;　公分
ISBN 978-626-356-995-9 (平裝)

863.57　　112011904

出版／城邦文化事業股份有限公司　尖端出版
台北市 104 中山區民生東路二段 141 號 10 樓
電話：（02）2500-7600　傳真：（02）2500-2683
讀者服務信箱：7novels@mail2.spp.com.tw
發行／英屬蓋曼群島商家庭傳媒股份有限公司城邦分公司　尖端出版
台北市 104 中山區民生東路二段 141 號 10 樓
電話：（02）2500-7600　傳真：（02）2500-1979
劃撥專線：（03）312-4212
戶名：英屬蓋曼群島商家庭傳媒（股）公司城邦分公司
劃撥帳號：50003021
※ 劃撥金額未滿 500 元，請加付掛號郵資 50 元
法律顧問／王子文律師　元禾法律事務所　台北市羅斯福路三段 37 號 15 樓

台灣地區總經銷／中彰投以北（含宜花東）　楨彥有限公司
電話：（02）8919-3369　　傳真：（02）8914-5524
雲嘉以南　威信圖書有限公司
（嘉義公司）電話：（05）233-3852　　傳真：（05）233-3863
（高雄公司）電話：（07）373-0079　　傳真：（07）373-0087
馬新地區總經銷／城邦（馬新）出版集團 Cite（M）Sdn Bhd
電話：603-9057-8822　　傳真：603-9057-6622
E-mail：cite@cite.com.my
香港地區總經銷／城邦（香港）出版集團 Cite（H.K.）Publishing Group Limited
電話：852-2508-6231　　傳真：852-2578-9337
E-mail：hkcite@biznetvigator.com

版　次／ 2021 年 4 月 1 版 1 刷
2023 年 11 月 2 版 2 刷